JN264083

TALES OF XILLIA
テイルズ オブ エクシリア 1

原作／バンダイナムコゲームス
安彦 薫
カバーイラスト／ufotable
口絵・本文イラスト／佐藤夕子

「火霊終節《サンドラ》には、一回目の提出ができると思います」
ジュード・マティス
イル・ファンのタリム医学校で医者を志す少年。
教授を追って向かった先で彼は……？

「行こう。イル・ファンへ」
ミラ＝マクスウェル
四大精霊の力を操る謎の女性。精霊の異常を察知し、イル・ファンへと向かう。

「軍はお堅いねえ。女と子ども相手に大人げないったら」
アルヴィン
ジュードとミラが出会った傭兵の男。
非常にフランクな性格。

ティポ
『まっかせてー!』
エリーゼが持っている
謎のぬいぐるみ。
原理は不明だが動いてしゃべる。
「あの兵隊さんたち、
邪魔……なんですか?」
エリーゼ・ルタス
ニ・アクリアの中途の村ハ・ミルで
出会った少女。内気でおとなしい。

「よくお越しくださいました」
ローエン・J・イルベルト
シャール家に仕える老執事。柔らかい物腰とは裏腹にかなりの切れ者。
ドロッセル・K・シャール
クレインの妹。兄を慕っている。
クレイン・K・シャール
若くしてシャール家を継いだ領主。

ナハティガル
野望に燃えるラ・シュガルの王。
「至急イル・ファンにデータを持ち帰れ」
「では、クルスニクの槍につないだ者たちに実装を……？」
ジランド
ラ・シュガル軍参謀副長。

《街・建造物》

ア・ジュール領　ラ・シュガル領

①イル・ファン　②イラート海停　③ハ・ミル　④ニ・アケリア
⑤ミラの社　⑥サマンガン海停　⑦カラハ・シャール
⑧ガンダラ要塞

《地域・街道》

Ⓐキジル海瀑　Ⓑサマンガン樹界　Ⓒサマンガン街道
Ⓓバーミア峡谷

TALES OF XILLIA
テイルズ オブ エクシリア
1

僕たちの暮らすこの世界――リーゼ・マクシアを根底から揺るがすこととなったあの出来事が起きてから、早いものでもう半年になる。
世界は次第に新たな秩序《ちつじょ》を構築しつつあるが、完全に落ち着きを取り戻すにはまだ時間がかかりそうだ。

あの一連の出来事を通じて、僕たちはとても大きな物を得、同じくらい大きな物を失った。

自分たちに課せられた責任の重さも痛感した。

まだそれにこたえられる力はないけれど。

自分の無力さ、小ささに歯嚙《はが》みすることばかりだけれど。

それでも僕たちは生きていかなくてはならない。

君に託されたものを未来へ受け渡していかなくてはならない。

それが僕たちの使命であり、そして――


君と交わした約束なのだから。

TALES OF XILLIA 1

第一章

1

Milla

窓から差し込んでくる日差しと、松明《たいまつ》をわずかな光源とするほの暗い一室。

静謐《せいひつ》な空気の立ち込めたその部屋の一番奥にある壇《だん》の上に、ひとりの人物がいた。

女性だ。まだ若い。

その女性は壇の上に胡坐《あぐら》をかいて坐《すわ》り、わずかに顔をうつむかせている。

彫りの深い端整《たんせい》な顔立ち。柘榴石《ガーネット》を思わせる真紅《しんく》の瞳《ひとみ》。腰まで達する豊かに波打った長い髪。

まったく動かないため、まるで高名な芸術家の手によって作られた彫刻が置かれているようにも見える。

そこへどこからか侵入したのか、一匹の蛇《へび》が音もなく忍び寄ってきた。

女性がはっとした表情を浮かべる。

「精霊《せいれい》が……死んだ」

女性が床から立ち上がるのと、蛇がくわ、と口を大きく開き、鋭い牙《きば》を彼女の白磁《はくじ》を思わせるすべらかな肌に突き立てようとしたのはほぼ同時だった。

次の瞬間《しゅんかん》、蛇の全身が青白い炎に包まれ、紙のようにたちまち燃え尽きた。

見れば女性の背後には、いつの間にか幻とも実体ともつかぬ赤い何かが浮かび上がり、まるで彼女を守護するかのように寄り添っている。

女性はまったく動じる様子を見せない。

「……やはり黒匣《ジン》の力かもしれない。確かめる必要があるな」

誰《だれ》かに話しかけるかのような口調で告げると、女性は壇を降り、部屋の出口に向かって歩き始めた。

彼女の言葉に同意するかのように周囲の空気が揺らめき、赤に加えて青、黄、緑の何かがうっすらと姿を現す。

「そうか。六年ぶりになるのか。久しぶりだ」

膝上《ひざうえ》まである女性の深靴《ブーツ》が床板を踏《ふ》みしめるたび、かすかに軋《きし》んだ音が生じた。

出口の前まで来たところで、彼女はいったん足を止め、扉を見つめた。

「行こう。イル・ファンへ」

決然とした口調で告げると、彼女は両手を扉にかけて押し開き、光あふれる部屋の外へと出て行った――

Jude

講義終了を告げる鐘《かね》が鳴り響《ひび》くのと同時に、ジュード・マティスは自分の荷物を抱え、教室を飛び出した。

「やば……急がなくっちゃ」

ラ・シュガルの首都イル・ファンにあるタリム医学校。ジュードはそこに通う研究医で、将来医学の道に進むことを志す十五歳の少年だった。黒い髪を短く清潔に切りそろえ、茶色の瞳《ひとみ》には豊かな知性の閃《ひらめ》きを宿している。顔つきはまだ大人への階段を登り始めたばかりの少年のもので、人によってはあどけないととらえるかもしれない。今は他の生徒たちと同様、医学校の制服とも言える半袖《はんそで》の研究医用の服に身を包んでいる。

ジュードは講義が終わると同時に各教室から一斉に吐《は》き出された大勢の生徒たちでごった返す廊下を、途中で何人かにぶつかりそうになりながら懸命《けんめい》に走った。

彼がそんなに急いでいるのには理由がある。

この後、卒論指導担当であるハウス教授のところへ行き、研修を行う予定が入っていたためだった。

教授にはもっと早く行くと伝えてあったのだが、いつもは早々に終わる講義が今日に限って時間いっぱいまで行われたため、教室を出るのが遅くなってしまったのだ。

ハウス教授は温厚な人柄なので、怒《おこ》られることはまずないだろうが、それに甘えるのはよくない。そう思うと余計に、廊下を走る足がますます早まった。

それでも、通りがかりに顔見知りの生徒が資料を床に落としたのを見かね、つい足を止めて拾うのを手伝ってしまうあたりが、彼の人の好《よ》さを如実《にょじつ》に表していたが。

目的地である外来棟に入ったところで、ジュードはハウスが待合室を横切り、こちらへ歩いてくるのに気付いた。

「すみません、教授。遅くなりました」

ジュードは近づいて来たハウスに向かって深々と頭を下げた。

「来たか、ジュード君。実はこれから出かけることになってね」

「そうなんですか」

「みんなには内緒《ないしょ》だが、極秘《ごくひ》に研究所の仕事を頼《たの》まれてね」

ハウスの口調はどこか得意げだった。もう老齢にさしかかり、医学校でも重鎮《じゅうちん》のひとりに数えられる地位にあるにもかかわらず、この教授は時折こういった子どもっぽい様子を見せることがある。

「すごい。オルダ宮直々《じきじき》の仕事ですね」

「そういうわけだから、留守を頼んだよ。今日は予約の患者さんしか来ないから、君でも診《み》られるだろう」

「え……」

ジュードはわずかに眉《まゆ》をひそめた。やろうと思えばできなくはないかもしれないが、正直言って自信はない。研修の内容は外来患者の診察の手伝いをすることで、そこまでだったらこれまでに何度もやっているが、診察そのものをやったことはまだ一度もないからだ。

第一、研究医だけで診察をするのは規則で禁止されているはずではなかったか？

「大丈夫《だいじょうぶ》大丈夫、何事も経験だよ。それじゃ」

ハウスはジュードの肩をぽんと叩《たた》くと、その場を立ち去ろうとした。

「あ、待ってください教授。単位申請の署名をお願いします」

ジュードは書類を取り出し、ハウスに渡した。

「君ももうすぐ卒業だね。卒業論文の進みはどうだね？」

「火霊終節《サンドラ》には、一回目の提出ができると思います」

火霊終節《サンドラ》とは夏の終わりの時期のことだ。今はまだ春真っ盛りの水霊盛節《リヴィエ》なので、しばらく時間がある。

「少し遅れてるね。しっかりしなさい」

ハウスはジュードから受け取った書類にペンでサインを走らせながら告げた。

「卒業後は、私の第一助手として期待しているんだからね」

「は、はい！」

ジュードは姿勢をただした。尊敬する恩師にそんなことを言われて、気持ちが奮《ふる》わないはずがない。

「五の鐘《かね》の頃《ころ》には戻る」

ハウスはジュードに書類を返すと、今度こそ外来棟を出て行った。

ジュードはハウスの姿が見えなくなるまでその場で見送ってから、小声で呟《つぶや》いた。

「よーし……頑張らなきゃ」

ハウスの診察をこれまでずっと間近で見てきたのだから、予約の患者だけならおそらく何とかなるだろう。

もし急患があった場合は……その時は看護師のプランさんに助けてもらって、何とかするしかない。

そう己に言い聞かせ、ジュードはハウスの診療室《しんりようしつ》へと向かった。

2

Milla

リーゼ・マクシア随一《ずいいち》の繁栄《はんえい》を誇る大都市イル・ファン。精霊術《せいれいじゅつ》文化が高度に花開いたこの都の繁栄の礎《いしずえ》となっているのは、豊富な微精霊《びせいれい》の存在だ。

市街地全域に整備されている街灯樹も、そうした微精霊の力を利用した施設だった。この街灯樹のお蔭《かげ》で、イル・ファンは終夜にわたって昼の明るさに匹敵する灯《あか》りを市民に提供し続けている。

そのイル・ファンの一角で、よほどのことがない限り灯《とも》らなくなることはないとされている街灯樹が、人知れず一斉に消えた。

不夜城《ふやじょう》とも謳《うた》われる都の片隅に不意に出現した闇《やみ》。

その闇の中心に、女性は空から音もなく降り立った。

「……このあたりか」

そこは街中を流れる川の上だったが、女性が水の中に没することはなかった。彼女を中心として、水面にほのかに光る円が生じており、彼女の全身を支えている。

さらに、その光る円はひとつに留《とど》まらず、水面の上に次々と現れ、光の橋を作り出した。

女性はその橋の上を、ゆっくりと歩いて行く。

「感知したのは、この先？」

女性の進む先には、川岸に立つ大きな建物があった。

光の橋はその建物の真下にある護岸部分へと続いていた。そこは地下水路の排水溝が口を開けている箇所で、水が川へと流れ出していたが、見るからに頑丈そうな鉄格子がはまっており、人の侵入を拒んでいる。

女性は鉄格子の前まで来て立ち止まると、何かに意識を集中させようとするかのように目を閉じた。

次の瞬間《しゅんかん》、再び目を開くのと同時に、彼女の左手の指先が前方に向かって突きつけられる。

指先から炎が迸《ほとばし》り、たちまちのうちに鉄格子を包み込んだ。

灼熱《しゃくねつ》の炎に熱せられた鉄の棒が飴《あめ》のようにねじ曲がり、人が通れるほどの隙間《すきま》を作り出すまで、さほど時間はかからなかった。

Jude

「な、何だあれは……？」

ジュードは目の前で起きた光景を、呆然《ぼうぜん》と見つめていた。

今、彼がいるのはイル・ファン郊外にある王立機関ラフォート研究所の敷地《しきち》のすぐ外を流れる川の上だった。服装は研究医の服から、黒の私服へと変わっている。

彼は研修の診察を終えた後、七の鐘《かね》が鳴っても帰ってこないハウス教授を迎えにきたのだった。何でもハウスのこれまでの業績が研究者にとって最高の栄誉とされるハオ賞に選ばれたらしく、先方が至急連絡が欲しいと言ってきたため、そのことを本人に早く伝えようと思ったのだ。

しかし、研究所の入り口で、ジュードは警備員に追い返される羽目《はめ》になってしまった。彼らの話では、ハウスは既《すで》に研究所を出、帰路についたという。

だがジュードは腑《ふ》に落ちなかった。警備員に見せてもらった出所記録に記されていたハウスのサインの筆跡が、彼のいつも見慣れているものと明らかに異なっているように思ったからだ。

その場はおとなしく引っ込んだジュードだったが、入り口から少し離《はな》れたところで持っていた単位の申請書類を取り出して、そこに書かれているサインを再度確認してみた。

やはり、出所記録にあったものとは明らかに違っていた。

何となくきな臭《くさ》いものを感じ、どうしたものかと思案していた時、彼のまわりで異変が生じた。

最初は、研究所の周囲にある街灯樹が次々に消えた。突然あたりが夜のとばりに包まれ、戸惑っていると、今度はにわかに強い風が吹き、ジュードの手に持っていた書類を飛ばしてしまった。

書類は風に舞いながら、下を流れる川へと落ちていった。

あわてて川を覗《のぞ》き込んだ彼は、信じがたい光景を目にした。

水の上に光が橋状になって伸びていき、その上を人が歩いていくではないか。

ジュードの目はその人に釘付《くぎづ》けになった。後ろ姿だけで顔は見えなかったが、背格好から女性であることは間違いないだろう。

彼は急いで川面《かわも》のところまで降りていき、女性の後を追うように光の橋に自分の足を乗せた。

不思議と、怖いとも危ないとも感じなかった。

しばらく歩いて川の真ん中まで来たところで、光が消え始め、それと同時に足下が揺らぎ始めた。

まずい、とジュードはその場から走り出し、女性に近づいて行った。

そして彼は目の当《ま》たりにすることとなったのだ。

女性が精霊術《せいれいじゅつ》を行使し、紅蓮《ぐれん》の炎で排水溝の鉄格子を焼き切るのを。

一体何をしようとしているんだろう？　そもそもこの人は誰《だれ》なんだ？

そんな疑問を次々に頭に浮かべながら様子を見守っていると、不意に重心が大きく傾き、橋から転げ落ちそうになった。

「うわっと⁉」

「誰だ？」

女性がこちらの声を聞きとがめ、背後を振り返った。真紅《しんく》の瞳《ひとみ》にこめられた強い意志の光が、鋭い眼差《まなざ》しとなってジュードを射貫《いぬ》く。術を行使した影響《えいきょう》か、微精霊《びせいれい》が周辺に集まっているらしく、彼女の全身はほのかな光に包まれていた。

明らかに不穏《ふおん》なことをしている相手にじっと見据えられているにもかかわらず、ジュードが心の中で真っ先に思ったのは「何てきれいな人だろう」ということだった。ただし、彫刻のような整った顔立ちをしている割に、女性らしさはあまり感じられない。それよりはむしろ凛々《りり》しいといってもいい、どこか硬質な雰囲気《ふんいき》を彼女は全身に纏《まと》っていた。年齢は恐らく自分よりも三、四歳上、二十歳くらいといったところだろうか。医者の卵の宿命か、日ごろから人を見るとすぐに分析する癖《くせ》がついてしまっている。

「あ、あの……」

相手の警戒を解こうとジュードが口を開きかけると、女性は人差し指を立てて口に当てた。

喋《しゃべ》るな、ということらしい。ただその表情は穏《おだ》やかで、こちらに敵意を向ける様子はなかった。口元には微笑が浮かび、それが大人の余裕を見せているようにも感じられ、ジュードの心にざわめきを生じさせる。

「危害は加えない。静かにしていれば、な」

女性はジュードから視線を外すと、再び鉄格子のほうに向き直り、足を踏《ふ》み出した。

その彼女に向かって、ジュードは声をかけた。

「その先は研究所だよね……？　君は一体……」

何をする気なの、と問おうとした彼の声は途中で遮《さえぎ》られた。

ジュードに背を向けたまま、女性が左腕を横に伸ばすと、それを合図に彼の全身が巨大な水泡に包まれ、息ができなくなってしまったからだ。

「ぐっ……？　ごほっ……！」

ジュードは苦しさのあまり、両手で喉《のど》をかきむしった。

「静かにして欲しいと頼《たの》んだつもりだったのだけど……」

女性が静かな口調で告げる。

ジュードはわかった、と同意を示すべく、水泡の中で何度も激しく頷《うなず》いた。

それを見た女性が再び左腕を打ち払うと、水泡は瞬《しゅん》時《じ》に消えた。

「うっぷ……ごほ、ごほ……！」

ジュードは光の橋の上で四つん這《ば》いの姿勢になり、むせ返った。

「咳《せき》は……ま、大目に見よう。君は、そこで何をしていた？」

「……しゃべっても？」

また同じことをされてはたまらないので、小声で確認する。

女性はこくりと頷《うなず》いた。

「僕は、その、ただ落とし物を拾おうとして……」

ジュードは回収してあった書類を取り出し、女性に見せた。

「なるほどな」

女性はその書類を一瞥《いちべつ》すると、彼に背を向け、鉄格子に近づいて行った。

明らかに、そこを通って地下水路の中に入ろうとしているようだ。

「何するつもり？　すぐに警備員が来るよ」

「なので急いでいる。君は早く帰るといい。不審者として捕まってしまう前にな」

それだけ言い残すと、彼女の姿は地下水路の中へと消えた。

「あ……」

ジュードはそんな彼女を、黙《だま》って見送る。

女性の姿が完全に消えた途端《とたん》、足下にあった光の橋も消え去り、彼は重力に引っ張られて再び全身を水に包まれる羽目《はめ》となった。

3

Milla

全身にまとわりつく湿気と、すえたにおいの立ち込める真っ暗な地下水路を、女性はまるで臆《おく》する様子を見せず進んでいった。

「ああ、周辺の微《び》精霊《せいれい》たちも気配がぱったりだ」

彼女の呟《つぶや》きに応じるように、右側の空気が揺らめき、赤い何かが出現する。

「同時に感じたあの異常な力。精霊たちを吸収した源がここにある」

その言葉を合図に、今度は左側に黄色い何かが現れた。

女性はふと立ち止まり、何やら考え込む素振《そぶ》りを見せる。

「なぜ人は世界を破滅に向かわせるような力を求めるのか。黒匣《ジン》がなくとも、生きていけるというのに……」

彼女の前方に、今度は青い何か。

「ん？　ああ。きっと、やつらの仕業《しわざ》だな」

女性の口調には、呆《あき》れたような響《ひび》きが混ざっていた。

それに何やら問いかけるように、彼女の後方に緑色の何かが生じる。

「私の勘《かん》だ。十分だろう？　誰《だれ》でもない、マクスウェルの勘だ」

女性はどこか不敵とも受け取れる調子で答えた。

「ほら、もうおしゃべりはいいだろ。黒匣《ジン》を探すぞ」

自分の周囲を取り囲む四つの何かに向かってそう告げ、彼女は再び歩き始めた。

Jude

「臭《くさ》いな……」

鼻を衝《つ》く淀《よど》んだ下水のにおいに、ジュードは顔をしかめた。

川に落ちた後、岸まで泳ぎ着いた彼は、しばし考えた挙げ句先ほど会った女性の後を追って、自らも地下水路に潜入《せんにゅう》したのだった。

あの女性が気になったのが大きな理由だが、決め手となったのは彼女のことばかりではない。例のハウスの出所記録のことも心に引っかかっていた。あの警備員たちは明らかに何かを隠している。放《ほう》っておくことはできないと思った。

幼い頃《ころ》から、ジュードには論理的な思考を飛び越えて直感で物事を判断することがしばしばあった。今もその彼の直感が、行動すべしと告げているような気がしたのだ。

だが、実際に足を地下通路に踏《ふ》み入れてみると、勇んでいた気持ちはたちまち萎《な》えた。ぬらつく地面に何度も足を滑《すべ》らせて転びそうになり、そのたびに一体自分は何をやっているのだろうと悲しい気持ちになってくる。

先ほどの女性は、どんな気持ちでここを進んでいったのだろうか？

視界のほとんど利《き》かない暗闇《くらやみ》の中を手探りするようにして歩き、やがて見つけた階段を通って再び上へとあがった。

階段の先にあった扉を開けると、そこはラフォート研究所の中だった。以前にも来たことがあるのでそうだとわかる。その時は大勢の研究者が行き来する活気がある場所だったが、今は閉所時刻を過ぎているため誰《だれ》もおらず、がらんとした空間が広がるばかりだった。

「本当に入ってきちゃったけど……大丈夫《だいじょうぶ》かな」

ラフォート研究所はオルダ宮——ラ・シュガル現国王ナハティガル・I・ファンの肝煎《きもい》りで近年急速に整備が進められた、王立の研究所だった。そこでは精霊術《せいれいじゅつ》や機械技術、医学など様々な分野の研究が進められている。中には極秘《ごくひ》の研究もたくさんあると噂《うわさ》されており、当然ながら守秘は厳しい。先ほどジュードは入り口のところで警備員につっけんどんな応対を受けたが、それもゆえあってのことではあるのだ。

そんな警備の厳重な研究所へ勝手に忍び込み、もし見つかりでもしようものなら、ただでは済まないだろう。問責だけでは収まらず、最悪、医学校を退学になってしまうかもしれない。もしそうなれば、これまで目をかけてくれたハウスに迷惑がかかるだけでなく、高い学費を払ってくれた故郷の両親をも落胆させてしまうのは確実だった。それだけは絶対に避《さ》けなければならない。

「とにかく、教授とあの人がいないか探してみよう」

ジュードは決心し、研究所内の探索を開始した。

前に来た時のことを頭の中で思い出しながら、まずはハウスに関係のありそうな場所を目指して歩くうち、天井《てんじょう》の高い、広い一室へと足を踏み入れる。

照明は落ちていたが、室内に設置された複数の円筒状の装置からほのかな光が発していたため、それでおぼろげに中の様子を見ることができた。

部屋の奥のほうから、誰かが鍵盤《キーボード》を使って何かを打ち込んでいるような音が聞こえてくる。

「さっきの人……？」

ジュードは音の正体を確認しようと、部屋の奥に向かって進んでいった。

円筒状の装置のひとつのすぐ脇《わき》を通りかかったところで、不意に横合いから壁を叩《たた》くような大きな音が聞こえてきた。

「――!?」

反射的に身をすくませ、ジュードは音のしたほうに目をやる。

そして彼は、信じがたい光景を目《ま》の当たりにした。

何と——探していたハウスが、ぼんやりと発光する円筒状の装置の中にとらわれて苦悶《くもん》の表情を浮かべているではないか。

今しがた聞こえてきた音は、ハウスが自分の手で、装置を内側から叩《たた》いたことで生じたものだった。

よく見れば装置の中は液体で満たされている。それが光の正体のようだった。

一体何がどうしてそうなったのか——ハウスは装置の中で怪しげな液体漬けにされていたのだ。

「だまし……たな……助……けて……。もうマナは……出ない……」

ハウスの口から気泡と共に苦しげな声が吐《は》き出された。眼差《まなざ》しはうつろで、外にいるジュードに気付いているのかどうか定かでない。

「きょ、教授……？」

ジュードは恐る恐る声をかけたが、それが分厚い硝子《ガラス》でできていると思われる円筒状の装置を通して、ハウスの耳に入ったかどうかはわからなかった。

ハウスの目がくわ、と大きく見開かれ、次いでがっくりとその首が落ちた。全身の力が失われ、大量の気泡を生じさせながら、老教授は瞬《また》く間に液体に溶け込んで見えなくなってしまう。

「あ……あああ……」

ジュードは両目を大きく見開き、愕然《がくぜん》となりながらこの一部始終を見つめていた。

頭の中は混乱の極致にあった。恐ろしいものを見てしまったにもかかわらず、あまりの衝撃《しょうげき》にその場を動くことさえかなわない。

そこへ――

「誰《だれ》だ？」

奥のほうから誰かの声が聞こえてきた。先ほどの女性のものではない、とジュードが思うのと同時に、室内の照明が点灯する。

それによって、ジュードはさらなる驚《おどろ》きに包まれた。

室内に設置された他の円筒状の装置の中にも、人が入れられていた。全員がハウスと同じように液体漬けにされ、水中にその身をたゆたわせている。生きているのか死んでいるのかはわからないが、少なくとも誰ひとりとして動く気配はない。

一体ここで何が起こっているのか？　自分は何を見ているのか？

「おいおい、侵入者ってあんたなの？」

「――っ!?」

ジュードは再び聞こえてきた声に驚き、かすかな悲鳴を漏《も》らした。あわてて声のしたほうに顔を向ける。声の主は部屋の奥にある、梯子《はしご》で上った中二階にいた。壁際《かべぎわ》に何かの操作盤《そうさばん》のようなものがあり、その前に立って何かしている。

「女の子……？」

「見ちゃったんだ？」

声の主がジュードのほうを振り向いた。まだ年若い少女だった。服装は血を連想させる真っ赤な礼装《ドレス》で、研究所の関係者にしては場違いな印象を受ける。その表情は昏《くら》い喜びに満たされているかのように歪《ゆが》んでおり、ジュードに向けられた視線は明らかな害意に満ちていた。

「なんなのここ!?　教授はどうして！」

ジュードはすくみ上がりそうになるのを懸命《けんめい》に堪《こら》え、問いかけたが、返ってきたのは自分を馬鹿《ばか》にしたような笑みだけだった。

「君は……」

「その顔！　たまんない。絶望していく人間って！」

少女は背中に手を回し、幅広の刀身を持った剣を取り出すと、手すりを軽々と乗り越え、問答無用とばかりにジュードに向かって飛びかかってきた。

「くっ……！」

ジュードは床に転がり、少女の攻撃《こうげき》を受ける。刀身がジュードの立っていた床を直撃し、甲《かん》高《だか》い金属音を生じさせた。

「見られたからには逃がしやしないよ。……アハハハハ、死んじゃえ！」

少女は剣を構え直しながら、ジュードに向かってにやあ、と笑いかけてきた。

まずい……！

ジュードがあわてて立ち上がるのと同時に、再び少女が切りかかってきた。この攻撃を、ジュードは身を屈《かが》めてかろうじてかわした。頭のすぐそばを剣先がかすめ、風圧が圧迫感を伴って顔にかかる。

背中に冷たい汗が伝うのを感じた。この少女はまずい、と直感が告げる。自分がどれほど剣を収めるよう言葉を尽くしても、決して聞く耳を持たないだろう。

この場を切り抜けるためには――こうなったらやむを得ない。

ジュードは少女の剣の間合いから離《はな》れると、腰を落とし気味にして両手の拳《こぶし》を体の前に出し、身構えた。

「魔神拳《まじんけん》！」

「はん、あたしとやろうっての？」

小馬鹿にしたような表情を浮かべた少女に向かって、ジュードは裂帛《れっぱく》の気合いと共に右の拳を突き出した。拳先から鋭い風圧が生じ、少女に襲《おそ》いかかる。

ジュードは幼い頃《ころ》から、実家の近所に住む主婦ソニアに護身用の格闘術《かくとうじゅつ》の手ほどきを受けていた。今彼が繰《く》り出した魔神拳は、その格闘術の基本技のひとつとして身につけたものだ。

ジュードにとっては渾身《こんしん》の力をこめた一撃だったが、少女は剣を前に出し、刀身を盾代わりにしてそれを軽々と受け止めた。ぱん、と乾いた音が室内に響《ひび》き渡る。

「これがあんたの全力？　話にならないね」

少女はジュードをあざ笑うと、剣を振りかぶり、地面を蹴《け》って一気に距離《きょり》を詰めてきた。

「ぶっ壊《こわ》れろ！」

少女の剣が猛烈《もうれつ》な速度で振り下ろされる。それも一度でなく二度、三度と立て続けに。

ジュードは後ずさりしながらかろうじてこの攻撃《こうげき》をかわしたが、やがて背中がどこかに当たり、それ以上下がれなくなった。

「しまった……！」

「アハハ――！　弱え。あんた、めちゃめちゃ弱えよ！」

剣の切っ先をジュードにつきつけ、少女は恍惚《こうこつ》の表情を浮かべる。

ジュードは急いで周囲に視線を巡らせた。どうにかしてこの窮地《きゅうち》から逃れる手段はないか。死にたくない。死ぬのは嫌《いや》だ。

「何か……何かあるはず……」

彼は胸に手を当て、少女をまっすぐに見据えた。不思議と、そうすることで全身の震《ふる》えもぴたりと収まる。

「な～に落ち着いてんだよ……気に入らねえ。もうちょっと遊んでやろうかと思ったけど、今すぐ燃やしてやる」

少女は左手を頭上に掲げ――不意にその視線をジュードからそらし、横に向けた。

ジュードもつられて、同じほうを見る。

「え……？」

彼の視線の先には、先ほど研究所の外で出会ったあの女性が、表情を変えずに立っていた。

「ここかと思って来てみたが……どうやら違ったか」

女性はジュードと少女が戦っているのにもまるで動じた様子もなく、静かな口調で告げる。

「あの人は……」

「あんた……」

少女はジュードと女性の顔を見比べた。

「そっか、侵入者ってあんたのほうか」

納得したように呟《つぶや》き、女性に向かって剣を構える。

「つまんないんだ、この子。だから、あんたから殺したげる。……そのきれいな顔、ぐちゃぐちゃにしてやるよ！」

「逃げて！」

ジュードは女性に向かって叫んだ。

少女が剣を振りかぶり、女性に向かって猛然と突進する。だが剣が目標に到達するより、女性が反応するほうが早かった。

女性が右手を少女に向かって払うのと同時に指先から炎が発し、少女の全身を包み込む。

「ぎゃあああっ！」

まるで乾いた薪《まき》のように、少女の身体《からだ》はたちまち燃え上がった。たまらず剣を取り落とし、両腕で胸をかき抱《いだ》く。

そんな少女に、女性は冷静な顔つきのまま追い打ちをかけた。左腕を横に持ち上げるのと同時に強烈《きょうれつ》な風がその場に生じ、少女の身体を吹き飛ばす。

どん、と鈍い音を生じさせながら壁に叩《たた》きつけられた少女は、その一撃《いちげき》で気を失ったらしく、力なく床にくずおれた。

それを見届け、女性が腕を下ろすと、風と火が瞬時《しゅんじ》に収まった。

「す、すごい……」

ジュードは瞬《まばた》きするのも忘れて、女性の戦いぶりを見つめていた。見とれていたと言ってもいいかもしれない。一連の動きにはまるで無駄《むだ》がなく、熟練者の舞いを見ているかのように優雅さすら感じさせた。

女性がジュードのほうを振り向く。

「帰れと言ったろう。まさか、ここが君の家というわけか？」

「ま、まさか……あの、ごめんなさい。それと……」

ありがとう、と礼の言葉を口にしようとしたジュードだったが、その時には女性はもう彼に興味を失ったかのように視線をそらしていた。

彼女は例の円筒状の装置にじっと視線を注いでいた。

「これが黒匣《ジン》の影響《えいきょう》……？」

眉《まゆ》をひそめながら、訝《いぶか》るように呟《つぶや》く。

「黒匣《ジン》……？」

聞き慣れない言葉だった。じん、とは一体何を意味するのか？

「微精霊《びせいれい》たちが消えたのと関係している？」

「な、何のこと？」

何を話しかけられているのかまったく理解できず、ジュードは戸惑う。

「ああ、君は早く去るといい。次も助かるという保証はないのだから」

女性はジュードに視線を戻し、告げた。

「黒匣《ジン》は……どこか別の場所か」

そう口にしながら、部屋の出口に向かって歩き出す。

意味不明のことを問いかけてきたり、かと思えば突き放したり、わけがわからない。

「ねえ、待って！」

ジュードはそんな彼女を呼び止めた。

「何だ？」

「去ると言っても、あてがないんだ。教授が一緒《いっしょ》なら、ここから出られたかもしれないけど……」

ハウスが消えた時の様子を思い出し、再び震《ふる》えがこみ上げてくるのを懸命《けんめい》にこらえながら、ジュードは言葉を継いだ。

「だから……僕も一緒に行っていい？」

「ふふ、なるほど」

女性は穏《おだ》やかな微笑を浮かべた。

「確かにそれなら、次も助かるだろう。理にかなっている。君は面白いな」

「あ、ありがとう」

ジュードは女性の言葉を同意と受け取り、礼を述べた。

「僕の名前はジュード・マティス。……君は？」

「私はミラ。ミラ＝マクスウェルだ」

女性はそう名乗った。

「マクスウェル……？」

名前はともかく、不思議な姓だとジュードは思った。マクスウェルとは四大精霊《よんだいせいれい》のさらに上位に位置する精霊の主《あるじ》のことだが……果たして本名だろうか？

「ここでマナが吸い上げられているとすれば……向こうか？」

ミラと名乗った女性は身を翻《ひるがえ》し、つかつかとした足取りで再び出口へ向かう。

「あ……ちょっと待ってよ」

ジュードはあわててその後を追った。

4

Jude

「な、何これ……」

ミラについていくまま、研究所の最奥《さいおう》に位置する区画に足を踏《ふ》み入れたジュードは、目の前にそびえる巨大な装置を見て息を呑《の》んだ。

金属製の筒を横向きに据え、大きな土台に支えられたその装置は、形としては一見天体望遠鏡にも見えたが、先端《せんたん》にレンズらしきものは取り付けられていなかった。全体から受ける印象もどこか禍々《まがまが》しく、平和目的に利用される物という感じはまるでしない。

「ここにあったか。やはり……黒匣《ジン》の兵器だったな」

隣《となり》にいたミラが、怒《いか》りのこもったような声で口にした。

「兵器だって……？」

それならば、禍々しく見えたのも頷《うなず》ける。ただ、使い方はまったく見当がつかなかった。

ジュードは先ほど、ミラがハウスたちの囚《とら》われていた円筒状の装置を見て黒匣の影響と言っていたことを思い出した。

あの円筒状の装置と、今目の前にある巨大な装置は、関係があるのだろうか？

「もしかして……これが教授たちを……？」

彼はちょうど目の前にあった機械に触れた。その機械には小さな画面がついており、ジュードが手を置いたのと同時に、画面上に装置の名称とおぼしき単語が表示された。

「クルスニクの槍《やり》……？　創世記の賢者の名前だね」

「ふん。クルスニクを冠するとはな。これが人の皮肉というものか」

ミラは腰に提《さ》げていた剣を抜き払った。

「な、何するつもり？」

ジュードの言葉に答えず、彼女はさらに、剣を持っているのと逆の腕を頭上高く振り上げる。

その仕草を合図に、ミラとジュードの周辺の空気がにわかに揺らぎ、赤、青、緑、黄にそれぞれ彩《いろど》られた陽炎《かげろう》のような何かが姿を現した。

「こ、これって……四大精霊《よんだいせいれい》？」

ジュードは驚《おどろ》きに目を見張った。自分たちの暮らすこの世界は精霊に満ちており、人々にとっても身近な存在ではあるが、それは微精霊と呼ばれるいわゆるエネルギー体、目に見えない空気のようなものがほとんどだ。

半ば幻のようではあったが、こうして大精霊《だいせいれい》が顕現するところを目にするのは、初めてだった。しかもそれが、ミラの合図によって現れたというのが凄《すご》い。まるで彼女が大精霊を従えているかのようだった。

「マクスウェルって、本当に……?」

仮にミラがあのマクスウェルと本当に関係があるのだとすれば、この現象も納得できるのだが。

「やるぞ。人と精霊に害なすこの兵器を、破壊《はかい》する!」

そう叫ぶなり、ミラは大精霊を引き連れ、装置に向かって突進していく。

「ちょっと、ミラ!」

ジュードはあわててミラに声をかけ——次いでクルスニクの槍《やり》に目を向け、その根元のところに誰《だれ》かがいるのに気付いた。

クルスニクの槍のすぐそばにいたのは、ミラに撃退《げきたい》されたあの少女だった。炎に焼かれてぼろぼろになった服をまとい、恨《うら》みがましい目で迫ってくるミラを睨《にら》みつけている。

「許さない……うっざいんだよ!」

少女は装置のすぐそばにあった操作盤《そうさばん》の上で素早く手を動かし、何かを入力した。

次の瞬間《しゅんかん》、装置が微振動に包まれ、そこを中心とする周辺一帯が床から発した夥《おびただ》しい光に包まれる。

「む……⁉」

その光に搦《から》め捕られるように、ミラと四大精霊《よんだいせいれい》は動きを止めた。見ればミラの全身からは、まるで煙が立ち上るように生命活動の源ともいえるマナがあふれ出している。

「ミラッ！」

ジュードはミラに向かって叫んだが、彼にとってもこの事態は他人事《ひとごと》ではなかった。ジュードのいるあたりにも、光は及んでいたからだ。よく見ると光は、巨大な魔法陣《まほうじん》のような紋様を描いていた。

「うく……マ、マナが……抜け、る……」

頭のてっぺんに吸引器のようなものを取りつけられ、そこから急速に体内のマナを吸い取られているような感覚がジュードを見舞う。

「これって……霊力野《ゲート》に直接作用してる……？」

ジュードは額に手を当てながら口にした。霊力野《ゲート》とはマナを生み出すと言われる脳内器官のことだった。

「ざまあみろ。あたしをコケにしたからこうなるんだ……苦しめ、死んじゃえ！」

少女が苦悶《くもん》の表情を浮かべながら絶叫し、そのままばったりと床に倒れ伏した。彼女もまた、魔法陣の影響《えいきょう》と無縁ではなかったらしい。

「く……これくらいのことで……」

ミラは歯を食いしばりながら、再び装置に向かって歩き出した。

「すこし、予定と、変わったが……いささかも問題は……ない！」

光の中を一歩一歩進み、土台に取りついて今度はそこの階段を登っていく。四大精霊《よんだいせいれい》たちはその場を動かず、ジュード同様ミラを見守っているようだった。

これだけ激しい勢いでマナを吸い取られながら、なお体を動かせるというのは並みの意志でできることではなかった。ジュードは自分もミラのほうへ行こうとしたが、足をほんの一歩動かそうとしただけで全身に激痛が走り、気持ちがくじけてしまう有様だ。

「装置を止める気……？　どうしてそこまでして……」

苦痛をねじ伏せ、あくまで目的を遂行《すいこう》しようとするミラの姿はジュードの目に気高く映り、どこか神々《こうごう》しささえ感じさせた。

「なにっ……⁉」

その時、不意にミラが驚《おどろ》いた声を上げた。ジュードは彼女の足下から、別の光が立ち上っているのに気付いた。

そしてそれと同じ反応は、彼自身と四大精霊にも起こっていた。

最初に出現したのとはまた別の魔法陣《まほうじん》が、この場にいる全員を捕らえようとするかのように浮かび上がったのだ。

　これもクルスニクの槍《やり》の働きによるものなのだろうか？

　だがそれ以上考えを進めることはできなかった。新たな魔法陣が展開され始めた途端《とたん》、ジュードの頭の中は真っ白になり、たちまち意識が飛びそうになってしまったからだ。霊力野《ゲート》から引きずり出されるマナの量がさらに増えたのだろうか。

　ハウスがうつろな表情で呟《つぶや》いていた最後の言葉を思い出す。

　このままではもたない——そう思った瞬間《しゅんかん》。

　不意にジュードは、自分の身体《からだ》がふわりと持ち上がったような感覚にとらわれた。はっと我に返ると、いつの間にか彼は魔法陣の部屋の外にいた。すぐ傍《かたわ》らにはミラの姿もある。

　ふたりの眼前には、まるで立ちはだかるように四大精霊が並んでいた。

「大精霊が、助けてくれた……？」

　ジュードは信じられない思いだった。だが、自分が瞬時に居場所を移動した理由はそれ以外に考えられない。

「お前たち、引きずり込まれるぞ！」

　ミラが四大精霊に向かって叫んだ。魔法陣はこうしている間にもみるみる光を増し、それと反比例するように、四大精霊の姿はぼんやりと空気に溶け始めていた。

　呆然《ぼうぜん》と大精霊たちを見守っていたジュードの頭の中に、突如《とつじょ》として誰《だれ》かの声が聞こえてきた。

「え……？　四大精霊？」

ジュードは大精霊《だいせいれい》たちがじっと自分に視線を注いでいることに気付いた。不意に頭の中に聞こえてきた声は、明らかに彼らのものだった。

「ミラを……連れて……逃げろ?」

それを聞いて、大精霊たちが自分を助けてくれた真意をジュードは理解した。

「そうか、君たちは……!」

大精霊たちはジュードに、ミラを託そうとしていたのだ。表情まではわからなかったが、ジュードは大精霊たちが悲しんでいるような気がした。これが最後の別れだと、言外に告げているような思いにとらわれる。

「まだ逃げるわけにはいかない……せめてあれだけは!」

ミラは大精霊の思惑に逆らうように、再び装置に向かって走り出した。

「ミラ! 駄目《だめ》だ!」

ジュードはあわてて制止したが、ミラが止まる気配はない。

すると四大精霊《よんだいせいれい》たちの全身が一斉に輝《かがや》き始め——一斉に地、水、火、風の精霊術《せいれいじゅつ》が発動した。術は装置に向かう通路を直撃《ちょくげき》し、轟音《ごうおん》を上げながらそこを破壊《はかい》した。まるでミラの行く手を遮《さえぎ》ろうとするかのように。

それでもミラはひるまない。崩れる足場に次々に飛び移りながら、がむしゃらに装置のそばまでたどり着く。

その間に、大精霊たちは魔法陣《まほうじん》の中へと吸い込まれるようにその姿を消した。

ミラは装置に向かって手を振り上げたが、何も起こらなかった。次いで彼女は、自分のすぐそばでひときわ強い光を放っていた操作盤《そうさばん》に手を伸ばした。

「くっ……せめてこれだけでも！」

ミラが操作盤から何かを抜き取るのがジュードの目に入った。だがそこまでが限界だった。彼女はその場に留《とど》まることができず、崩れた足場ごと、床にぽっかりと開いた穴へと落ちていく。

「ミラ――――ッ！」

ジュードが彼女の名を叫ぶのと同時に、彼の背後にある扉が荒々しく叩《たた》かれる音が聞こえてきた。

「そこにいるのは誰《だれ》だ⁉　一体何が起きている！」

どうやら騒《さわ》ぎを聞きつけ、警備員がやって来たようだった。

ジュードは背後の扉と、振動を止めたクルスニクの槍《やり》に相次いで目をやり、最後にミラの落ちて行った穴へと視線を据えた。

「……よし」

ここで警備員に捕まるわけにはいかない。

何より、大精霊に託された願いを、無下《むげ》にすることもできない。

瞬時《しゅんじ》に決心を固めると、彼はミラの後を追うように、穴の中へとその身を躍《おど》らせていった。

Milla

最初にミラが異変を実感したのは、クルスニクの槍《やり》と名付けられたあの黒匣《ジン》兵器を破壊《はかい》しようと手を振り上げた時だった。炎の大精霊《だいせいれい》・イフリートの力で兵器を丸ごと焼き払おうと思ったのだが、彼女の意に反して何も起きなかった。

自分のいた足場が崩れ、真下に落下していく時も、いつもだったら全身を優しく包み込んでくれるはずの風の大精霊・シルフは現れず、重力に引っ張られて落ちるがままだった。

そしてとどめは、黒匣《ジン》兵器のあった区画から、真下を流れる地下水路に落下した際だった。水の大精霊・ウンディーネの加護は得られず、ミラは真っ暗で視界の利《き》かない水の中、上下すらわからぬ状態で呼吸に苦しみ、もがく羽目《はめ》になった。

四大精霊《よんだいせいれい》はもはや彼女の周辺から完全に消え失《う》せていた。

これではまるで人間のようだ、と彼女は思った。

とにかく水面に上がろうとがむしゃらに手足を動かすうち、誰《だれ》かの腕が背後から首に回され、持ち上げられるのがわかった。

「ぷはっ！」

水の上に顔が出るのと同時に、肺の中にたっぷりと空気を吸い込む。

「力を抜いて。大丈夫《だいじょうぶ》だから」

耳元で聞こえた声があのジュードのものだとわかり、ミラはおとなしく彼の言う通りにすることにした。

そのまま水の流れに身を任せるうちに、やがて地下水路から外を流れる川に出る。

「足場がある。あそこから上ろう」

「……任せる」

ミラは再びジュードに身体《からだ》を引かれ、川の縁へと近づいて行った。

先に上にあがったジュードに手を差し伸べてもらい、ミラはようやく地面に足を着けて立つことができた。

「はあ……はあ……」

「ミラ、泳げないんだね。大丈夫？」

ジュードが顔を覗《のぞ》きこみ、心配そうに問いかけてきた。

「……ウンディーネのようにはいかないものだな」

水の大精霊の姿を思い浮かべながら、ミラは答えた。

「ねえ、これからどうするつもり？　精霊の力がないと、あの装置はきっと壊《こわ》せないよ」

ジュードはミラが大精霊を失ってしまったことを知っているようだった。

「そうだな……」

確かにその通りだった。もう一度研究所の中に潜入《せんにゅう》したところで、自分ひとりだけの力であの黒匣《ジン》兵器を破壊《はかい》するのはどう考えても不可能だろう。

無念ではあったが、ここはひとまず退却して態勢を立て直すべきだった。

「あいつらの力か……ニ・アケリアに戻れば、あるいは……」

精霊《せいれい》の里と呼ばれ、ミラ自身が日々を過ごす彼《か》の地へ戻れば、大精霊を再び顕現させることは不可能ではあるまい。

「……そうするか」

ミラはジュードに向き直った。

「世話をかけたな、ジュード。ありがとう。君は家に帰るといい」

礼を述べてから身を翻《ひるがえ》し、歩き出す。

「あ、ちょっと……」

ジュードがあわてて声をかけてきたが、ミラの足が止まることはなかった。

5

Milla

川べりから梯子《はしご》を使って上にあがり、今しがた出てきたばかりの研究所に目をやりながら歩き出したところで、ミラの前に剣を構えた警備員が立ちふさがった。

「貴様、侵入者だな。身柄を拘束《こうそく》する！」

警備員は居丈高《いたけだか》に告げると、ミラに向かって剣を構えた。

「違う、と言っても通してくれそうにはないな……ならば」

ミラは自分も剣を抜くと、警備員が攻撃《こうげき》してくるよりも先に自分のほうから相手に飛び込んでいった。

大きく足を前方に踏《ふ》み込みがてら、上段から袈裟《けさ》がけの一撃を相手の身体《からだ》に見舞う——つもりだったのだが、剣の重みに自分が振り回され、重心を崩してよろけてしまう。

「む……？」

「ミラ、危ない！」

そこへジュードの鋭い警告が聞こえてきて、彼女は反射的にその場で身を翻《ひるがえ》した。

身体《からだ》のすぐそばを、警備員の振るった剣がかすめていく。

「何だ貴様は！　この女の仲間か!?」

警備員がジュードに視線を移し、怒鳴《どな》った。

「違う！　僕は……」

「抵抗するなら容赦《ようしゃ》はしない！」

「くっ……魔神拳《まじんけん》！」

警備員がジュードに斬《き》りかかろうとした刹那《せつな》、ジュードの振るった拳《こぶし》から鋭い闘気《とうき》が放たれ、警備員を直撃《ちょくげき》した。

「ぐわあっ！」

警備員はまともにこの攻撃をくらって吹き飛び、地面に倒れてそのまま動かなくなる。

「大丈夫《だいじょうぶ》？　ミラ」

「不用意だな、ジュード。無関係を装《よそお》えばいいものを」

「僕だってこんなことしたくなかったよ。それよりミラ、剣使ったことないの？」

「皆無《かいむ》というわけではないが……」

ミラは自分の手にしていた剣を目の高さに掲げた。

「今までは四大《しだい》の力に頼《たよ》って振っていたからな……あいつらの力がないとこうも違うとは」

「そんなことで大丈夫かな……とにかく、急いでイル・ファンを離《はな》れたほうがいいと思うよ。じきにこの辺は警備兵だらけになるから」

ジュードが周囲をきょろきょろと見回しながら告げた。

「無論そうするつもりだ。ではな」

ミラは剣をしまい、ジュードに背を向けてこの場を立ち去ろうとする。

「あ、ちょっと。ちょっと待ってってば」

「まだ何か用か？」

「イル・ファンを離れるといっても、方法は考えているの？　街の出入り口は警備員に押さえられていると思うよ」

「ふむ……」

そこまでは想定していなかった。今のミラの力では、大勢の警備員に取り囲まれたらそれを振り切ることはまず不可能だろう。

どうしたものかと思案していると、ジュードがさらに言葉を継いだ。

「だから目指すなら海停《かいてい》のほうがいい。そっちのほうがまだ安全だと思う」

「かいてい……？」

聞き覚えのない言葉に、ミラは首を傾《かし》げた。

それを見たジュードが、呆《あき》れたようなため息を漏《も》らす。

「……知らないんだね。じゃあ案内するよ」

「そうか。ではよろしく頼《たの》む」

ミラはジュードの言葉に素直に頷《うなず》いた。

Jude

どうしてこんなことになってしまったんだろう、というのがジュードの正直な気持ちだった。

昔からそうだった。誰《だれ》かが困っていそうなのを目にしたり、人に何かを頼まれたりすると、手を貸さずにはいられなくなってしまうのだ。

まわりからはお人好《ひとよ》しと言われることもある。

恩師であるハウスには、それも医師を目指す人間にとっては必要な資質だよ、と慰《なぐさ》められたものだが、果たして本当にそうだろうかと思わなくもない。

だからといって、こうした生き方を改めることは恐らくできないだろうというのはわかっていたし、そうするつもりもなかったのだが。

そんなことを頭の中で考えながら、周囲にも目を配りつつ、ジュードはミラを連れて海停《かいてい》へとやって来た。

イル・ファンの海停は世界最大の規模を誇る。

大型の船舶《せんぱく》が停泊できる桟橋《さんばし》が何本も岸から沖合に向かって伸びており、何艘《なんそう》もの船が旅情をかきたてる汽笛を鳴らしながらひっきりなしに出入港を繰《く》り返していた。

世界中から人と物資が集まるこの場所は、大都市イル・ファンの中でも特に賑《にぎ》やかなところだった。現に今も、時間的には皆が家に帰ってもよさそうな頃合《ころあ》いなのに、あたりには大勢の人が行き来している。

食べ物や異国の珍《めずら》しい民芸品などを扱う露店《ろてん》がずらりと並び、知った言葉と知らない言葉が方々で行き交うさまは、昼の活気と寸分も違《たが》わなかった。

これだけ多くの人がいれば、自分たちもうまく紛《まぎ》れることができるのではないか——

そう思った矢先、ジュードとミラはわらわらと湧《わ》き出るようにその場に現れた数名の兵士たちに囲まれてしまった。

「軍が……どうして……？」

「ジュード・マティス。逮捕状が出ている。そっちの女もだ」

兵士のひとりがジュードの前に進み出て、厳しい口調で告げた。

「その声……エデさんじゃないですか⁉」

頭部をすっぽりと覆《おお》う兜《かぶと》をかぶっていたため兵士の顔はわからなかったが、声には聞き覚えがあった。先ほど自分が診療《しんりょう》をしたばかりの患者だ。精霊術《せいれいじゅつ》が失敗して足に怪我《けが》をしたとかで来院し、奥さんの誕生日の話を聞かされた。

その人が今、自分に向かって武器を突き付けている。

信じがたい現実を突き付けられ、ジュードはめまいがしそうになった。

「エデさん！　聞いてください。僕は……」

「軍特法により応戦許可も出ている。抵抗すれば命の保証はない」

エデはジュードの言葉を冷たく遮《さえぎ》った。

「問答無用ということのようだ」

横にいたミラが、落ち着いた口調で呟《つぶや》く。

「エデさんっ！」

「悪いが、それが俺の仕事だ」

「ジュード、私は捕まるわけにはいかない。すまないが抵抗するぞ」

ミラは腰の剣を抜き、身構えた。

「抵抗意志を確認。応戦しろ！」

エデの指示で、周囲を取り囲んでいた兵士のひとりがすかさず精霊術《せいれいじゅつ》を発動させる。

閃光《せんこう》と共に放たれた火球を、ミラは横っ飛びしてよけた。

的を外した火球はジュードたちの背後の地面にぶち当たり、轟音《ごうおん》と閃光を生じさせる。

遠巻きに様子を見ていた野次馬《やじうま》たちが一斉にひるみ、これをきっかけにあたりはたちまち夥《おびただ》しい喧噪《けんそう》に包まれた。

そうした中、近くの埠頭《ふとう》に停泊していた船から、出航を告げる低い汽笛音が聞こえてくる。

「あれは船が出る合図か？」

「うん、たぶん」

ミラの問いかけに、ジュードは身を縮めたまま答える。

「よし、ここで別れよう。さらばだ、ジュード。迷惑をかけたな」

「ミラ⁉」

まさかこの状況で、それもしごくあっさりとした口調で置いてきぼりを宣告されるとは思わず、ジュードは虚《きょ》を衝《つ》かれた。あわてて名を呼んだ時にはミラは既《すで》に船に向かって走り出していた。包囲する兵士たちの一瞬《いっしゅん》の隙《すき》をついて間を突破し、猛然と駆けていく。

「女を追え！　逃がすな！」

エデの命令を受けて、兵士たちが数人、ミラの後を追い始めた。

「さあ、先生。あなたは抵抗しないでくださいよ。その分、罪が重くなります」

エデは残った兵士たちと共に、じりじりとジュードに対する包囲を狭《せば》めてくる。

「違う……僕は……僕はただ……」

ただ、何なのだろう。自分が何を言いたいのかもよくわからない。今やジュードの精神は完全な恐慌《きょうこう》状態に陥《おちい》っていた。逃げるべきなのか釈明すべきなのか、その判断すら覚束《おぼつか》ない。

兵士たちの手が、ジュードを拘束《こうそく》しようと一斉に彼に向かって伸ばされたその時。

不意に兵士たちが、雷にでも撃《う》たれたように次々にその身をすくませ、ばたばたとその場に倒れた。

「え……？」

何が起こったのかわからず、ジュードは目を丸くする。

「軍はお堅いねえ。女と子ども相手に大人げないったら」

いつの間にか、ジュードのすぐそばに、変わった形の剣を掲げた長身の男が立っていた。精《せい》悍《かん》で野性的な顔立ちをしつつ、表情にどこか飄々《ひょうひょう》としたものを感じさせる不思議な雰囲気《ふんいき》の男だった。

兵士たちを打ち倒したのはどうやら彼の仕業《しわざ》のようだが何をしたのだろうか。

「あなたは……？」

「おっと。話は後だ。連れの美人が行っちまうよ？」

男はジュードに向かって笑いかけてきた。

「で、でも……」

「ぼやぼやしてると一巻の終わりだぜ？　逮捕状が出て、軍が出てきてるってことはだ。君はもうSランクの犯罪人扱いされてるってことだよ」

「え、Sランク……？」

「ああ。捕まったら間違いなく極刑だな。言い訳する余地も与えられない」

男の言葉を聞いた途端《とたん》、ジュードの背中を冷たいものが伝い落ちた。

犯罪人。Sランク。極刑。

まさか自分に、そんな肩書きが冠せられる日が来るなんて――

「そういうわけで、迷ってる暇《ひま》はないってことだ。ほら」

男がミラの去ったほうに向かって顎《あご》をしゃくる。そちらへ行けと言わんばかりに。

ジュードは弾《はじ》かれたようにその場から走り出した。男も、そんなジュードにぴたりと寄り添うようについてくる。さらにその背後からは、新たにこの場に現れた一群の兵士までも。

「待て、貴様たち！　待たんかあ!!」

ジュードと男はミラの元へ走り寄った。

だがその頃《ころ》には既《すで》に船は埠頭《ふとう》を離《はな》れかけてしまっており、ミラは乗り損ねた船を途方に暮れた様子で見つめていた。

「……間に合わなかったようだ」

「駄目《だめ》か……船に乗れればあるいはと思ったんだけど……」

ジュードは息を荒らげながら、がっくりと肩を落とす。

そこへ――

「なに、まだ手はあるさ」

男が事もなげに言い、ミラとジュードの身体《からだ》を左右の肩に軽々と抱え上げた。

「ちょっと⁉」

「何を⁉」

「喋《しゃべ》るなよ。舌をかむ」

有無を言わせぬ口調で告げると、そのまま彼は、ミラとジュードを抱えて目の前に置かれていた荷の上に駆け上った。

「せやあっ！」

さらにそこから、船に向かって大きく跳躍《ちょうやく》。間を隔《へだ》てる海をものともせず、一気に甲板《かんぱん》の上へと到達する。

「よし、到着っと」

「す、すごい……」

ジュードは男の筋力の強さに感嘆した。自分は小柄で、ミラは女性とはいえ──人ふたりを抱えたまま動いている船に飛び乗るなんて。

ふと埠頭《ふとう》のほうに目をやると、自分たちを追ってきた兵士たちがずらりと並んで、呆然《ぼうぜん》とこちらを見ているのが視界に入った。

そこへばたばたと、船員が走り寄ってきた。

「あんたたち、何やってるんだ⁉」

「いやあ、参ったよ。なんか重罪人を軍が追ってるのに出くわしてさ」

男はジュードとミラを抱えたまま、まるで他人事《ひとごと》のような口調で船員に事情を説明し始めた。

「野次馬《やじうま》に巻き込まれて、危うく乗り遅れるところだった」

「追われてたのはあんたたちじゃないのか？」

「おいおい勘弁《かんべん》してくれ。こんなイイ男と女、子どもが重罪人に見える？」

男はジュードとミラを甲板の上に下ろした。

「大した度胸だ。お蔭《かげ》で助かった」

ミラが男に向かって礼を言う。

「なに、どうってことはない。君たちの名はミラにジュードつったかな？」

「あ、うん。そうだけど……あなたは……」

ジュードが尋ねると、男はふたりに向かって自分の名前を告げた。

「俺はアルヴィンだ。よろしくな」

TALES OF XILLIA 1

第二章

1

Jude

俺の仕事は傭兵《ようへい》だ――

アルヴィンと名乗った男は、そう自己紹介した。

金で戦争を請け負う仕事、傭兵。ジュードは知識としては知っていたが、実際にそういった人間と知り合いになったのはもちろん初めてだった。

そんなアルヴィンがジュードとミラを助けた理由も、「助ければ金がせびれそうだ」という傭兵ならば納得の、至極《しごく》単純なものだった。

だがあいにく、ジュードもミラも、アルヴィンの期待にこたえられるだけの現金や貴金属の類《たぐい》を持ち合わせていなかった。

アルヴィンの当ては外れてしまったわけだが、彼はそれほど落胆したり、怒《おこ》ったりすることはなかった。

だったらア・ジュールで仕事でも探すさ、とさっぱりした口調で言ったものだ。

ア・ジュールというのはジュードたちの乗り込んだ船の行き先だった。ジュードにとっては何のゆかりもない異国だ。

あの場を逃れるには他に手はなかったと頭ではわかっていたが、これからどうなるのかと考えると、気が重くなった。

もしアルヴィンの言う通り自分がSランクの重罪人になってしまったのなら、もうイル・ファンへは二度と戻れないかもしれない。それは医学校にこれ以上通えなくなることを意味する。ハウス教授を初めとする医学校の教師たちや生徒たち。故郷の両親。それに普段《ふだん》はほとんど思い出すことのない幼なじみの少女の顔までが、次々と彼の脳裏に浮かんでは消えていった——

Milla

ア・ジュールは現国家元首である『世界を牽引《けんいん》する者』ガイアスの治世下、近年になって急速に国力を増している新興の連邦国家だった。

ここリーゼ・マクシアにおいてはラ・シュガルの国力が圧倒的で、これまで長年にわたり唯一の超大国として君臨してきた。だがこのままア・ジュールが発展を続ければ、いずれはラ・シュガルに肩を並べるのではないかとも言われている。

それをラ・シュガルが面白く思うはずもなく、両国がいずれ激突することは必至と見る向きも多いが――未来がどうなるかは誰《だれ》にもわからない。

そのア・ジュールにあるイラート海停《かいてい》に船は到着し、ミラたち三人は乗組員たちに見送られながら、甲板《かんぱん》から海停の桟橋《さんばし》へと降り立った。

「へえ……ここがア・ジュールかあ。外国なのに、あまりラ・シュガルと違う感じはしないね」

ジュードが周囲を見渡しながら感想を口にする。

「あ、あそこに地図があるね。ちょっと見てくる」

ミラとアルヴィンにそう告げて、彼は地図の描かれた看板のほうへと走っていった。

「……どうやら気持ちを切り替えたようだな。見た目ほど幼くはないということか」

ミラはジュードの様子を見、そう判断した。船に乗った当初は明らかにあれこれ思い悩んでいる風だったが、その状態を引きずるのはよくないと自分で判断したようだ。

「おたくが巻き込んだんだろ？　随分《ずいぶん》と他人事《ひとごと》だな」

横にいたアルヴィンが呆《あき》れたように口にする。

「確かに世話にはなった。だが、全《すべ》てはジュード本人の意志だぞ？　私は、再三帰れと言った」

「それでおたくに当たるわけにもいかないから、ああなったわけか。空元気《からげんき》ってやつかねえ」

「さてな。……それよりアルヴィン、傭兵《ようへい》というからには、戦いに自信はあるのだろう？」

ミラはアルヴィンに向かって切り出した。

「どうしたんだい藪《やぶ》から棒《ぼう》に？　そりゃまあ、そこそこにはな」

「なら、私に剣の手ほどきをしてもらえないか？」

アルヴィンの目を見つめながら、自分の頼《たの》みを口にする。

「剣の手ほどきって……腰にそんな立派なのを提《さ》げてるのに今更《いまさら》？」

「今までは四大《しだい》の力に依《よ》っていたから、使う機会があまりなかった。しかし、今はそうではない。剣くらい自在に扱えなければ、この先の道のりは困難だろう」

「ふーん……シダイってのが何なのかわからないが、ふざけて言ってるわけじゃなさそうだな」

アルヴィンは顎《あご》に手を当て、考え込む仕草を見せた。

「一朝一夕《いっちょういっせき》に身に付くってもんでもないが……まあ、俺も次のアテがあるわけでもないし、基本を教えるくらいでいいのなら……」

「それで構わない。頼む」

ジュードが戻ってくるまでに、話は成立した。

風の大精霊《だいせいれい》シルフの力を使えばひとっ飛びに行けるところも、今は自分の足で一歩一歩進まなくてはならない。障害が立ちふさがったなら、己の手で除かなければならない。精霊術《せいれいじゅつ》が使えるとはいえ、それだけに頼り切りというわけにもいかないので剣をある程度使いこなせるようになっておくことは必須だった。

自分自身のことはそれでいいとして、ジュードのことはどうすればいいだろう？

別に自分が考えてやる必要などないはずなのだが――

「他人事《ひとごと》か……」

アルヴィンに言われた言葉が何となくミラの心に引っかかった。

Jude

君はこれからどうするつもりなのだ？　とミラに尋ねられた時、ジュードは何も答えることができなかった。答えられるはずもない。どうすればいいかの指針などまったくなかったのだから。

もう少し考えてみる、としかその場では口にすることができなかった。

その後ミラがアルヴィンに剣の稽古《けいこ》をつけてもらっているのを、ジュードは手持無沙汰《ぶさた》のまま、遠巻きに眺めていた。

アルヴィンが彼女の役に立っているのに対し、自分が何もできないことに忸怩《じくじ》たるものを感じたが、どうしようもない。

一体ミラは何者なのだろう、と改めて思う。

四大精霊《よんだいせいれい》を自在に操り、ラフォート研究所にあった黒匣《ジン》兵器――クルスニクの槍《やり》を破壊《はかい》しようとためらいなく行動する一方で、海停《かいてい》の存在すら知らない。決然とした意志の強い大人の表情を見せていたかと思えば、ふとした弾《はず》みに子どものような素直で純真そのものの顔つきになったりもする。

普通の人間と言うには明らかに均衡《きんこう》を欠いた、不思議な存在なのは間違いなかった。

「やっぱり、マクスウェル本人なのかな……」

彼女が精霊の主《あるじ》と言われるマクスウェルそのものなのであれば、これまでのどこかずれたような言動も頷《うなず》ける気がしないでもないのだが――

そんなことを頭の中で考えていると、不意にばたんと何かが倒れる音と、アルヴィンのおい大丈夫《だいじょうぶ》か？　とあわてる声が聞こえてきた。

音のしたほうを振り向くと、ミラが地面に突っ伏していた。

「どうしたの⁉」

ジュードはあわてて彼女の元に駆け寄り、上体を抱き起こした。

「さすが医学生。手慣れたもんだ」

アルヴィンが感心したように口にする中、額に手を当てたり、脈を取ったりして彼女の様子を診《み》る。

日差しが強いので熱中症にでもなったのかと疑ったが、顔が赤くなっていたり、高熱を発したりしている様子はなかった。

「具合はどう？」

「……力が入らない」

ミラはかすれた声で答えた。

「持病とか、原因に心当たりは？」

「さあ……特に思い当たることはないが」

そう告げた途端《とたん》、彼女の腹がまるで抗議の声を上げるかのようにぐううう、と鳴った。

「……あのさ、ミラ」

「何だ？」

「ちゃんとご飯食べてる？」

「食べたことはない」

その言葉を聞くなり、アルヴィンがほう、と感心したような声を上げた。

「そいつは凄《すご》い。食費の心配はしなくていいってことだな」

「一度もないの？」

「うむ。シルフの力で大気の生命子《せいめいし》を……ウンディーネの力で水の生命子を……」

間違いない。この人は精霊《せいれい》マクスウェル本人だ。

ジュードはミラの言葉を聞いて確信した。食事をせずに生きていられる人間など、この世に存在しない。

「彼女、何言ってんの？　俺はてっきり、冗談を口にしてるんだと思ったんだけど」

アルヴィンがこそっと耳打ちしてくる。

「栄養を精霊の力で得てたってことみたい。何せ、マクスウェルだから」

「え……？」

アルヴィンが真顔になった。

「……ミラ、よく聞いて。今の君はおなかを空《す》かせていて、それで動けなくなったんだよ」

ジュードはミラに向かって患者に病状を説明する時と同じ口調で告げた。

「だからこれからは、ちゃんとご飯食べなきゃね」

「なるほど。これが空腹というものか……ふふ、興味深い」

まるで自分のことではないかのように、ミラは楽しそうに顔をほころばせる。

ジュードはそんなミラに呆《あき》れながら、アルヴィンのほうに顔を向けた。

「今日はもうこれくらいにしたら？」

「そうだな。じゃあ宿で休むとするか。俺も腹へったよ」

ジュードはミラを立たせると、アルヴィンとふたりして彼女に肩を貸しながら、海のすぐそばに建っている船員用の宿へと向かった。

宿では部屋は取れたものの、食事はすぐに出せないと言われたため、ジュードが厨房《ちゅうぼう》に立って腕を振るうことになった。

「へえ、うまいもんだな。医学校ってのは、調理実習もやるのかい？」

卓の上に並べた料理を次々に口に運びながら、アルヴィンが疑問を口にした。

「寮《りよう》生活で時々自炊もしてたから。これくらい、慣れれば誰《だれ》にでもできるよ」

「謙遜《けんそん》することはないって。これだったら料理人でも十分やっていけると思うぜ」

「まさか……」

ジュードはアルヴィンの提案を一笑に付したが、もしこのまま医者の道を諦《あきら》める羽目《はめ》になったら、生計を立てる別の手段を考えなくてはならないのは確かだった。

ミラは何か言ってくれないだろうかと思い、そちらに目を向けると、彼女は食べることに夢中のようだった。

ぎこちない手つきでナイフとフォークを操りながら、子どものように料理を口いっぱいに頬《ほお》張《ば》り、満足げな表情を浮かべている。

「ふむ。食事というのは、なかなか楽しいな。こうやって、色々な味を楽しめるのがいい」

「喜んでくれたなら作った甲斐《かい》があったよ」

「喜んでいるとも。人は、もっとこういうものを大切にすればよいのだ」

その言葉の裏には、あんなクルスニクの槍《やり》のようなものを作ったりしなければいいのに、という意味も含まれていたのかもしれない。

ジュードはそれに対して、何も言えなかった。

ミラは本当にまたあれを、破壊《はかい》しにいくつもりなのだろうか——？

食事を終えるなり、彼女は満腹になって疲れが出てしまったのか、卓の上で寝入ってしまった。

ジュードは卓の上を片付けながらアルヴィンとふたりだけで話をし、ミラが精霊《せいれい》マクスウェルらしいということを改めて説明した。

アルヴィンは初めは半信半疑のようだったが、しまいには納得したらしく、それだったら今まで飯を食べたことがないのも頷《うなず》けるな、と言って笑った。

翌朝、ジュードが着替えを済ませて二階の客室から一階の食堂へ降りていくと、既《すで》にミラもアルヴィンも起きて出発の準備を終えていた。

「おはよう。二人とも」

「おはよう。早速《さっそく》だがジュード、これからのことで話がある」

「あ、うん……」

昨夜もこれからどうすればいいか考えていたジュードだったが、結局方針は決まらないままだった。どうするつもりなのかともう一度聞かれた場合、答えようがない。

「私はニ・アケリアに帰ろうと思っている」

「ニ・アケリア？　ミラの住んでいるところ？」

「ここからだと北の方角にあたる。ちなみに、正確には祀《まつ》られている、だがな」

一瞬《いっしゅん》、ミラが冗談を口にしたのかとジュードは思ったが、彼女は真顔だった。

「ニ・アケリアに帰れば四大《しだい》を再召喚《さいしょうかん》できるかもしれん。今はそれに賭《か》けてみようと思う。……そこでだ、ジュード。私と一緒《いっしょ》にニ・アケリアに行かないか？」

「ミラと一緒に？」

意外な申し出に驚《おどろ》き、ジュードはまじまじと彼女の顔を見つめた。

「今の君の状況は身から出た錆《さび》だが、私の責任であるのも、また事実。ニ・アケリアの者たちに、私が口添えをしよう。きっと君の助けになってくれるだろう」

「ミラ……」

「へえ、意外と考えてやってるのな」

アルヴィンの言葉に、ミラはうむ、と答えて頷いた。

「昨日、お前にまるで他人事《ひとごと》だと言われたのでな。私なりにどうしたらいいか、あれから考えてみた」

「だったら俺もお供するかな。マクスウェル様をお連れしましたと言えば、ニ・アケリアの連中に謝礼がもらえるかもしれないし」

「僕、行くよ」

ジュードはミラに向かって告げた。断る理由はない。

真っ暗で何も見えず、ただ立ちすくむしかなかったところに、一筋の光明が差し込んだような、そんな気がした。

「ミラ……ありがとう」

「なに」

ジュードが礼を述べると、ミラは目を細め、微笑を浮かべた。

Jude

2

ジュードたち一行はイラート海停《かいてい》を出、進路を北に取った。途中でさしたる困難に遭遇《そうぐう》することもなく順調に街道を進み、やがて一行はひなびた村へと到着した。

「この村はハ・ミルって名前らしいな。イラート海停で見た地図に書いてあった」

「へえ……のんびりしていて、暮らしやすそうなところだね」

医学校に入学してからというもの、ずっと大都会イル・ファンの喧噪《けんそう》のなかで生活してきたジュードには、ハ・ミルの牧歌的な空気がとても新鮮、かつ心地よく感じられた。

「僕の故郷のル・ロンドに感じが少し似ているのかな……ここよりはもっと開けているけど」

そこへひとりの老婆《ろうば》が、にこにこと人懐《ひとなつ》こそうな笑みを浮かべながら近づいて来た。聞けば、この村の村長だと言う。

ミラがニ・アケリアへ行くにはこの道で合っているかと問いかけたところ、合ってはいるが、今ではあるかどうかわからないとのことだった。

村長いわく、ハ・ミルの人々にとってニ・アケリアは忘れられた村として認識されており、行き来もまったくないと言う。

「ちょっとミラ、本当に大丈夫《だいじょうぶ》なの？」

ジュードは心配になってミラにこっそり耳打ちしたが、ミラのほうは平然としたものだった。

「大丈夫に決まっている。ニ・アケリアは健在だ。私はずっとそこにいたのだからな」

「マクスウェル様がおっしゃることなら間違いはないだろ。さて、俺はちょっくら、食料だの何だのを調達してくる。おふたりさんはどっかで休んでてくれ」

そう言い残し、アルヴィンは去っていった。

ジュードとミラは村長の厚意で、彼女の家で休憩《きゅうけい》させてもらえることになった。

「……ねえミラ、あの研究所にあった装置、黒匣《ジン》兵器って言ってたよね？」

家の前に置かれたベンチに並んで腰掛け、村の様子を見るともなく見ながら、ジュードはミラに向かって口を開いた。

「ああ。それがどうかしたか？」

「ミラはどうしてあれを壊《こわ》そうとしているの？」

それはイル・ファンを出る時から、ずっとジュードの中にあった疑問だった。

「あれは人が手にしてはいけないものだ。だから人の手から離《はな》さねばならない」

ミラはジュードの目を見ながら、一切迷いを感じさせないきっぱりした口調で告げた。

「どうして？」

「君がその理由を知る必要を感じないな」

ミラの言葉は、ジュードの胸を抉《えぐ》るのに十分だった。一緒《いっしょ》にニ・アケリアへ行こうと誘《さそ》われたこともあって、少し距離《きょり》が縮まったような気がしていたのだが、それが誤解だったと思い知らされる。

「……信用されてないんだね」

我ながら情けないと思いながらも、喉《のど》から絞り出した声は明らかに拗《す》ねた響《ひび》きを帯びていた。

「そういう問題ではないのだが……そうだな、君たち人は赤子が刃物を手に遊んでいたらどうする？」

「そんなの、取り上げるに決まってるよ」

考えるまでもない質問だった。放《ほう》っておいたら怪我《けが》をさせてしまうかもしれない。

「それと同じことだ。人が赤子を守ろうとするように、私は世界を守るために、あのクルスニクの槍《やり》を破壊《はかい》しなければならない」

それは即《すなわ》ち、ミラにとって自分たち人間は刃物を持った赤子も同然ということなのだろうか。

そんなことはない、とジュードは言い返そうとしたが、ミラにじっと見つめられるうちに、たちまち気勢を削《そ》がれてしまった。

何も口にできず、がっくりと肩を落とす。

きちんと反論できない自分の未熟さが、もどかしくてたまらなかった。

「うん……？　そこにいるのはこの村の住人か？」

「え……？」

ミラがふと横に顔を向けたのにつられてジュードが同じほうを見ると、少女がひとり、そばまで近づいて来ていて、じっとふたりのことを見つめていた。

「君は……？」

肩のところまである白に近い金色の髪に、透き通るような肌。それに翡翠《ひすい》を思わせる緑色の目をした、かわいらしい顔立ちの少女だった。年齢は十歳から十二歳といったところか。紫色の丈《たけ》の長い服を着て、手にぬいぐるみを持っている。

「こんにちは」

黙《だま》ったままましげしげと見つめられているのに耐えられなくなって、ジュードは自分から少女に挨拶《あいさつ》した。

「え、えと……旅の人、ですか？」

少女がもじもじと身体《からだ》を揺すりながら、たどたどしい口調で尋ねてくる。知らない人と話をするのは恥ずかしい、でも興味津々《きょうみしんしん》、といった様子だった。

「うん、そうだよ。君はこの村の子？」

怖がらせてはいけないと、ジュードは少女に向かって微笑《ほほえ》みかけながら、優しい口調で答えた。

「は、はい……」

「やっぱり。そのぬいぐるみ、かわいいね」

ジュードが少女の持っていたぬいぐるみをほめると、少女ははっとした顔を浮かべ、次いで顔をほころばせた。

「……ポ」

「うん？」

少女の声が小さくて何を言ったのか聞き取れず、ジュードが問い返そうとしたその時。

どこかで、誰《だれ》かが声を荒らげているのが聞こえてきた。

「何だ……？」

そこへアルヴィンが、あわてた様子で走ってきた。

「どうやらこの村でのんびり休んでいるわけにはいかなさそうだ。ラ・シュガル兵がここまでやって来た」

「ええっ？」

見れば村の入り口のほうで、ラ・シュガルの軍服を来た数名の人間と、村人たちが何やら言い争っている。

「ア・ジュールまで僕たちを追ってきたの？」

「さてな。ともあれ、連中に見つかる前にここを出たほうがよさそうだ」

ミラは剣の柄《つか》に手をやりながら、ベンチから立ち上がった。

「西側にもうひとつ出口がある。村の人間に話を聞いたんだが、ニ・アケリアはそっちを出て、キジル海瀑《かいばく》ってとこを越えた先にあるそうだ」

「よし、行こう」

ジュードはアルヴィン、ミラについて歩き出そうとして、少女がまだこちらをじっと見つめているのに気付いた。

「お家《うち》に戻ったほうがいいよ。村の人には何もしないと思うけど、万一ってこともあるから。じゃあね」

「あ……」

少女に別れを告げ、足早にその場を立ち去る。

村の中を突っ切って三人は西側の出口までたどり着いたが、既《すで》にそこも二名のラ・シュガル兵によって固められていた。

「あちゃー、遅かったか。どうすっよ？」

「強行突破だ」

ミラの言葉には迷いがない。

「そうだね……僕もそれしかないと思う」

今だったら三対二でこちらのほうが有利だ。増援を呼ばれる前に片をつけてしまったほうがいいだろう。

「あ、あの……」

「うん？」

声をかけられ、振り向くと、少女がジュードたちの後をついて来ていた。

「君……どうして来ちゃったの？　危ないよ」

「あの兵隊さんたち、邪魔《じゃま》……なんですか？」

「うん、まあ……」

「わかりました」

少女はジュードの言葉に頷《うなず》くと、持っていたぬいぐるみから手を離《はな》した。

ぬいぐるみは支えを失い地面に落ちるかと思いきやそうはならず、空中にぴたりと止まっている。

「ど、どうなってるの？」

ジュードは目を丸くした。

「ティポ、お願い」

『まっかせてー！』

次の瞬間《しゅんかん》、ぬいぐるみが空中を高速で移動し、兵士たちにぶつかっていった。

「うわっ、何だこいつ!?」

不意を衝《つ》かれたひとりの兵士が顔にぬいぐるみの直撃《ちょくげき》を受けてひっくり返る。

「このっ！」

もうひとりの兵士が持っていた武器を構えるが、ぬいぐるみはひらひらと迅速《じんそく》な動きで兵士たちのまわりを舞い、狙《ねら》いをつけさせない。

逆に、ぬいぐるみのほうが兵士の背後にまわりこみ、後頭部に強烈《きょうれつ》な体当たりをかました。

「がっ……」

兵士は力を失って地面に突っ伏した。

「ぬいぐるみが勝手に動き回るなんて……」

ジュードは一連の出来事を、まるで魔物《まもの》に化かされたかのような思いで見つめていた。

「こいつは……」

アルヴィンもこれには驚《おどろ》いたらしく、目を細めて真剣な顔つきになっている。

兵士たちが地面に伸びてしまってからもなお、ぬいぐるみはその上空をミツバチのようにぶんぶんと旋回《せんかい》していたが、やがて見切りをつけたのか、少女の元へ戻ってきた。

「がんばったね、ティポ」

『これくらい余裕だよ〜』

ぬいぐるみと喋《しゃべ》っている？

ジュードは少女とぬいぐるみをまじまじと見つめた。手を離《はな》しても落ちず、武器を持った兵士を上回る戦闘力《せんとうりょく》を持ち、その上喋ることのできるぬいぐるみというのは、一体――？

「これでもう……大丈夫《だいじょうぶ》です」

「あ、ありがとう。ねえ、そのぬいぐるみって……」

何なの、と問いかけようとしたところで、今度は村の中心のほうからひとりの男が、どすどすと地響《じひび》きを立てながら走ってきた。

雲を衝《つ》くような、という形容がぴったりの、上背《うわぜい》も横幅も成人男性の平均をはるかに超えるベアのような屈強な体つきの男だった。

「こら、娘っ子。小屋を出てはならんと言ったであろう」

男は少女をたしなめ、次いで倒れているラ・シュガル兵に目を向けた。

「むむ？　ラ・シュガルもんめ。こっちにまでいたとは……こいつらを叩《たた》きのめしたのはお前たちか？」

「違う。その子がぬいぐるみを使ってやったのだ」

ミラが男の質問に答えた。

「何と！　見られてしまったか！　ええい……」

男が忌々《いまいま》しそうに言い、再び少女のほうを振り向く。

少女のほうは、この間に逃げ出していた。

「こら、そっちへ行ってはいかん！　広場のほうにも大勢のラ・シュガルもんがいるというのに！」

男は走り去る少女に向かって叫ぶと、あわてた様子で、彼女を追って走り出した。ジュードたちにはもはや一切目をくれない。

「な、何なの……？」

「よくわかんないけど、手間は省けたみたいだな。今のうちにおさらばしよう」

「そうだな」

「あ……ちょっと待ってよ」

ジュードはあわててミラとアルヴィンの後を追った。

キジル海瀑《かいばく》はまるで巨大な獣《けもの》の骨のような尖《とが》った形状をした巨岩と、海岸線に沿って流れ落ちる長大な滝《たき》が特徴的な場所だった。特に滝の規模は大きく、全部でどれほどの幅があるのか、一望しただけではわからないほどだった。流れ落ちる水がごうごうと地鳴りのような音を立て、飛散する水滴が霧《きり》のように一帯を覆《おお》っている。

これがただの観光だったら壮大な眺めに感嘆の声を上げていたところだろう。

だがラ・シュガル兵の追跡を逃れるべく先を急いでいる今のジュードたちに、そんな余裕があるはずもない。

「このキジル海瀑《かいばく》を越えれば、ニ・アケリアなんだろ？　このまま一気に行っちまったほうがよさそうだな」

「無論そのつもりだ」

ミラとアルヴィンは後ろを一切振り返ることなく、つかつかとした足取りで進んでいく。

逆にジュードのほうは、未練がましく何度も後にしてきたハ・ミルのほうを振り返っていた。

「そんなにあの村が気になるかい？　それとも気になってるのはあの女の子限定かな？　結構かわいかったもんな」

「な……！　別にそんなつもりじゃ……」

うろたえるジュードを見て、アルヴィンがにやりと笑う。

からかわれているのだとわかり、思わずカッとなりそうになった。

「僕はただ……村の人たちに悪いことしちゃったなって……よくしてくれたのに……」

「ラ・シュガル兵をどうしてほしいともこちらは言っていない。彼らがどうなろうと、それは彼ら自身の意志に基づいた行動の結果だ。気にする必要はないだろう」

　先頭を歩いていたミラがジュードのほうを振り返り、告げた。

「そんな言い方しなくても……」

　ミラの言っていることは確かに正しいのかもしれない。ただ、それではあまりにも冷たいではないかとジュードは思った。

「そんなに気になるのか？」

　ジュードが不満そうにしているのがミラにも伝わったらしい。

「ならジュード、君は戻るといい。短いつきあいだったが、感謝している」

「どうしてミラはそうなの？」

　瞬時《しゅんじ》にこみ上げた憤《いきどお》りを抑えきれず、ジュードは声を荒らげた。

「どうしてそんなに、何に対しても終始冷静なの？」

「……もっと感傷的になって欲しいのか？」

　ミラは首を傾《かし》げた。きょとんとして、わけがわからないという顔をしている。

「それは難しいな。君たち人もよく言うだろう。『感傷に浸っている暇《ひま》はない』とな」

「使命があるから？　じゃあやるべきことがあるなら、感傷的になっちゃいけないの？」

「人は感傷的になっても、なすべきことをなせるものなのか？」

　ミラの口調には批判めいた響《ひび》きはまったくない。純粋な疑問だけがそこにはあった。

だがそれゆえに、彼女の言葉はてらいのない直球の刃となって、ジュードの心に突き刺さってくる。

「わからないよ。そんなの……」

胸がきりりと痛むのを自覚しながら、ジュードは消え入りそうな声で呟《つぶや》いた。

できるのだろうか。できないかもしれない。だが、しかし。

「でも……やってみないと……」

「なら、君がやってみてはどうだ？　君のなすべきことを、そのままの君で。そうすれば、自《おの》ずと答えにたどり着けるかもしれない」

「ミラ……」

ミラはこれで話は終わりだとばかりに再び前を向き、歩き出した。

「僕の……なすべきこと……」

置いて行かれたような気持ちになりながら、ジュードはその場に立ち尽くす。

アルヴィンがそんな彼を慰《なぐさ》めようとするかのように、肩に手を回してきた。

「まあそう難しく考えるなって。マクスウェル様のように割り切って考えられないのが、俺たち人間ってもんだ」

「……アルヴィンには、なすべきことってあるの？」

「さてな。ここで俺があるっていったら、ジュード君はますます迷っちまうだろ？」

「僕は……」

ジュードは地面に視線を落とし、唇《くちびる》をかんだ。

「んで、どうする？　このままだとミラに置いていかれるぜ。本当に村に戻るのか？」

「……いや、このまま行くよ」

現実問題として、今村に戻ったところで何ができるわけでもなかった。そんなことはわかっている。

自分の無力さを思い知らされながら、ジュードはアルヴィンと肩を並べるようにして、再び歩き始めた。

Milla

海岸沿いをしばらく進むうちに、一行は大きな滝《たき》の前を通りがかった。流れ落ちる水があたり一帯の視界を塞《ふさ》ぐほど大量の飛沫《しぶき》を生じさせており、たちまち全身が濡《ぬ》れそぼつ。

下の海面からは、大量の水が叩《たた》きつけられる音が耳を聾《ろう》さんばかりに響《ひび》いて来ていた。

「わあ!?　石がいきなり動いたよ？」

ミラの後ろを歩いていたジュードが、突然驚《おどろ》いた声をあげた。

振り返ると、足を上げた彼の足下にあった石が、確かにこそこそと動いていた。

「そいつは石じゃない。蛸《たこ》の一種だよ。よく岩に擬態《ぎたい》してるのさ」

アルヴィンが笑いながら口にした。

「ああ、そういえばア・ジュールには陸棲《りくせい》の蛸がいるんだったっけ……本では読んだことあるけど見るのは初めてだよ」

ジュードは目を輝《かがや》かせ、走り去る蛸を目で追った。

「笑ってられるのも、相手が小さかったからだぞ。中には人間なんか一飲みにするくらいの大物もいるって話だ。そんなんじゃなくてよかったな」

「そうなんだ。アルヴィンは色々なことを知ってるんだね」

「傭兵《ようへい》ってのは、世界中どこへでも行くからな。そうしてるうちに、無駄《むだ》な知識ばかりが蓄えられるって寸法さ」

「無駄ってこともないと思うけど」

ジュードの口調は明るく、表情もにこやかだった。どうやら今回も、気持ちの切り替えに成功したようだ。

先ほど、自分の言葉で彼が気分を害したことはミラにもわかっていた。

ただ、その理由は不明だった。自分は間違ったことは何も言っていないのに、なぜジュードはああも苛立《いらだ》ったのか。

人間というのはつくづく不思議なものだとミラは思う。高い知性と理性を持ち合わせている一方で、いとも簡単に感情に振り回される。特にジュードのような若者の場合、その傾向が顕著と言えるだろう。

自分も人間のなりをしてはいるが、中身はまるで違う——改めて、そう思わされる。

「ふう……」

滝《たき》の真横を抜け、飛沫《しぶき》が身体《からだ》にかからなくなるところまで来て、ミラは息を吐《は》いた。

身体が重かった。四大《しだい》の助けを借りず、人間と同じように振る舞うのはつくづく楽ではない。

「……ここらでちょっと休憩《きゅうけい》しないか。岩場ばかり歩いてたせいで、足が痛い」

アルヴィンがそう提案してきた。

「到着してから休めばいいだろう。ニ・アケリアまでそう遠くないぞ？」

ミラはこのまま進むべきだと主張したが、アルヴィンにまあまあとなだめられ、ジュードもそれに同意したため、結局ここで小休止を取ることになった。

「ジュード、向こうの崖《がけ》の縁まで行ってみないか。あそこだったら風当たりも眺めもよさそうだ」

アルヴィンはジュードを誘《さそ》い、連れ立ってミラから離《はな》れていった。

「まったく。要らぬ気を回すやつだ」

自分やジュードが疲れているのを見て取って、アルヴィンは休憩しようと言ったのだろう。

あの男は飄々《ひょうひょう》としているが、観察眼は鋭い。何も気にしていない風を装《よそお》いつつ、彼が常に周囲に細かく目を配っていることに、ミラは気付いていた。傭兵《ようへい》とか言う職業に就く者はみんなああなのだろうか。

そんなことを思いながら、腰を下ろせそうな場所を探して歩いていると——

「——!?」

突如《とつじょ》ミラは、自分に向かって強い敵意が吹き付けられるのを感じた。はっとなって剣に手を伸ばしたが、それよりも先に彼女の周囲の地面の色が変わり、光が噴き出す。

「な……っ？」

光は幾何学的《きかがくてき》な紋様を描きながらミラの全身にまといつき、まるで荒縄《あらなわ》のようにたちまち彼女を拘束《こうそく》した。

「こ、これは一体……くうっ！」

ミラは全身を締《し》め上げられ、呻《うめ》いた。これではジュードとアルヴィンに助けを求めようにも、大声を出すことができない。

ミラの全身が持ち上がり、光に拘束されたまま近くの滝《たき》のほうへと近づいて行った。

いつの間にか、滝のすぐそばにある高い岩の上に、見慣れないひとりの女性の姿があった。身体《からだ》にぴったりと張り付くような服を着た、長い髪の女性だった。眼鏡をかけており、手に分厚い書物を持っている。腰から下がった服の裾《すそ》の一部が、まるで獣《けもの》の尻尾《しっぽ》のようにゆらゆらと動いていた。

ここで待ち伏せしていたのか、それともハ・ミルから追いついて来たのかは定かでない。が、こんな近くまで知らないうちに接近を許していたのは迂闊《うかつ》としか言いようがなかった。

「お疲れかしら？　油断し・す・ぎ」

女性の目の前まで連れてこられたところで、声をかけられた。女性の口元には冷笑が浮かんでいる。彼女がミラに術をかけ、拘束した犯人なのは間違いない。

「何者だ……？」

全身を締め付けられ、苦悶《くもん》の呻きを発しながら、ミラは女性に向かって尋ねた。

「うふ。教えてあげない」

そう言って女性は、ミラの身体に手を伸ばし、あちこちまさぐってくる。

「何のつもりだ」

「どこかしらね……あなたの大事なものは」

ミラが腰に提《さ》げていた剣を初め、所持していた小物類が次々に女性の手で放《ほう》り投げられた。

ミラは女性の狙《ねら》いが何なのかを察した。

「あれを取り返しに来たのか？　言っておくが……まだ私の手の内にあるとは限らないぞ」

「そう、そういう態度なのね」

女性は手にしていた本を開き、ページをぱらぱらとめくった。

途端《とたん》、ミラの全身の拘束がますます強くなり、呼吸するのさえ困難になる。

「くっ……！」

「どう？　痛いでしょ？　素直にありかを言ったほうがいいわよ？」

「無駄《むだ》だ……私にとって痛みは恐怖にならん」

女性は忌々《いまいま》しそうに表情を歪《ゆが》める。

「なら、一緒《いっしょ》に来てもらうわ」

「ミラ!?」

そこへジュードの鋭い声が聞こえてきた。

Jude

ジュードがアルヴィンととりとめもない話をしていると、滝《たき》の音に混じって小さな悲鳴のような声が聞こえてきた。

まさかミラの身に何か？　と思い、背後を振り返った瞬間《しゅんかん》、彼女が何者かに襲《おそ》われているのが彼の視界に飛び込んできた。

「アルヴィン、ミラが！」

「わかってる！」

アルヴィンも悲鳴を聞いていたらしく、早くも武器を手に持ち、その場を走り出していた。

ジュードもあわててその後を追う。

「ミラ⁉」

ミラは何らかの術によって身体《からだ》を拘束《こうそく》されているらしく、滝《たき》のそばで空中に宙づりにされて動けなくなっていた。

そのすぐそばにある岩の上にひとりの女性がいて、ジュードたちを冷たい眼差《まなざ》しで見下ろしている。

「今はこの娘にご執心《しゅうしん》なのかしら？」

「放してくれよ。どんな用かは知らないが、彼女は俺の大事な雇い主《ひと》でね」

「アルヴィン……あの女の人と知り合いなの？」

ジュードの質問に答えず、アルヴィンが手にした武器を相手に向けようとする。

「そんなことをしたら、この娘がどうなるかわからないわよ」

「ち……」

アルヴィンは舌打ちして、武器を下ろした。

ジュードは頭の中で、この状況を打開すべく必死で知恵を巡らせた。

どうにかならないか。せめて相手がミラにかけている術を妨害《ぼうがい》して、拘束を解き放つことができれば。考えろ。諦《あきら》めるな。かならず手はあるはずだ――

全《すべ》ての音が周囲から消え、冴《さ》え冴《ざ》えとした意識が頭の中の霊力野《ゲート》に集中するのを実感する。

何か使えるものはないか。この場所の特性を活《い》かせないか。

ふと、流れる滝のすぐ脇《わき》にある岩壁が彼の目に入った。岩肌が一ヵ所、大きく盛り上がっている箇所がある。その部分が、ごくわずかではあるが、動いたような気がした。

あれは――

「アルヴィン、そのままで聞いて」

ジュードは顔を女性とミラのほうに向けたまま、小声でアルヴィンに囁《ささや》きかけた。

「どうした？」

「ここから右、滝の脇にある岩壁の盛り上がってるところ。撃《う》てる？」

「岩壁……？　ああ、なるほど」

アルヴィンはジュードの狙《ねら》いに気付いたようだった。

「すぐに撃っていいのか？」

「うん」

ジュードが答えるなり、アルヴィンが再び腕を持ち上げ、武器を構える。

「あら？　この娘は見殺し？　ひどいヒト」

「どうかな」

鋭い音が立て続けに響《ひび》いた。ただし、アルヴィンの弾丸が狙ったのは女性ではなく、まったくあさっての方向にある岩壁だった。

「何のつもり？」

女性が怪訝《けげん》そうに眉《まゆ》をひそめた、その刹那《せつな》。

撃《う》ち込まれた岩肌がぶるぶると小刻みに振動するや、突然そこから何本もの足が生え出し、そのまま下の地面へ落下した。

「——！」

岩肌に見えたものは、巨大な大蛸《おおだこ》だった。地面に落下した際の衝撃《しょうげき》で周辺一帯に地響《じひび》きが生じ、女性は岩の上で体勢を崩してしまう。

それをきっかけにミラを拘束《こうそく》していた術が解け、彼女の身体《からだ》も下に落ちた。

「姑息《こそく》な手を……っ！」

女性はあわてて本を開き、再びミラに向かって術を行使しようとしたが、それよりも早く、女性に向かって大蛸が飛びかかる。

「あうっ⁉」

女性は大蛸の体当たりをまともに食らって岩から吹き飛ばされ、こちらは地面でなく、さらに下の滝壺《たきつぼ》へと没した。

拘束を解かれたミラはすぐに立ち上がり、ジュードたちの元へ駆け寄ってきた。

「まったく、乱暴だな」

「そう言うなって。今はこいつを何とかするのが先だ。昼寝を邪魔《じゃま》されて、相当お冠《かんむり》と見える」

答えたアルヴィンの視線の先には、標的をこちらに定めた大蛸がいた。腕のように見える長い足を鞭《むち》のように振り上げながら、巨体に似合わない敏速《びんそく》な動きで土煙を上げ突っ込んでくる。

ジュードは敵の真正面の位置で腰を落とし、身構えた。

「魔神拳《まじんけん》！」

大蛸の身体の中心にある顔の部分を狙《ねら》って、すかさず遠距離《えんきょり》からの技を叩《たた》き込んでいく。闘《とう》気《き》が衝撃波と化して、大蛸の目を直撃した。

「ウィンドランス！」

続けて間をおかずにミラが風属性の精霊術《せいれいじゅつ》を発動させ、追い打ちをかける。烈風《れっぷう》が鋭い刃と化し、鋭い音を発しながら敵の身体を切り裂く。

大蛸は立て続けの攻撃をまともに食らい、ぐらりとその身をひるませた。

「やるなふたりとも。俺はこいつだ。タイドバレット！」

アルヴィンの武器が再び火を噴き、弾丸が大蛸の身体の下方部分に向かって次々と吸い込まれる。敵の出足を止めるため、アルヴィンがよく使っている技だったが、大蛸相手でも有効のようだった。

これで大蛸の突進が完全に止まった。苦痛に身悶《みもだ》えするかのようにその身をのたうたせている。

「よし、効いてる。このまま一気に畳《たた》み掛けるぞ。二人とも、私に続け！」

ミラが叫び、剣を構えて走り出した。

「うん！」

ジュードがすかさずその後に続く。

「張り切るのはいいが、畳《たた》み返されるなよ？」

三人は大蛸《おおだこ》に向かって突進した。

ジュードは相手の振るった足を腰をかがめてかいくぐり、胴体部分に肉薄《にくはく》する。

「打ち抜け！」

一番攻撃《こうげき》の効きそうな顔に向かって、両拳《りょうこぶし》の連撃を見舞った。

弾力のある大蛸相手に直接の打撃がどれほど効くか未知数だったが、息もつかせぬ連続攻撃を立て続けに放つうち、手ごたえが実感として拳に伝わってきた。

「はあっ！」

その間に、ミラは大蛸の周囲を軽やかな足取りで動き回り、足を、胴体を、鋭い剣撃で的確に切り刻んでいく。

大蛸はそんなミラを何とかとらえようと足を伸ばしていたが、その勢いはみるみる鈍っていくばかりだった。

「よし、これで終わりだ！」

頃合《ころあ》いはよしと見計らい、アルヴィンが大蛸からいったん距離《きょり》を取って得物《えもの》を振りかぶり、そこから一気に跳躍《ちょうやく》して閃光《せんこう》のような剣の攻撃を繰《く》り出す。

ジュードの拳と、ミラの剣と、アルヴィンの武器と。三人の怒濤《どとう》の攻撃が大蛸に向かって次次と振るわれ——完全に相手を無力化するまで、さほどの時間は必要としなかった。

「……あの状況で、大蛸が岩に擬態《ぎたい》してるなんてよく気付いたな」

戦闘《せんとう》が終わった後、武器の具合を確認しながら、アルヴィンがジュードに向かって声をかけてきた。

「人を一飲みにするくらいの大物もいるって話を、アルヴィンに聞かされてたからね。見てすぐにぴんと来たんだ」

「魔物《まもの》があの女でなく、まっすぐお前たちに向かうとは考えなかったのか？」

今度はミラが尋ねてきた。彼女は先ほどの女性に持ち物を捨てられたようだったが、その全《すべ》てを戦闘の後、回収し終えていた。

「それでもよかったんだ。そうなったらそうなったで、アルヴィンがあの人の死角に入れる。そうすれば術の邪魔《じゃま》をして、拘束《こうそく》を解くことができるから」

「すごいな。あの一瞬《いっしゅん》でそこまで判断できるとは」

「うむ、大したものだ。誰《だれ》にでもできることではないな」

「いやあ……」

ジュードは照れて頭をかいた。自分が少しだけ認められたような気がして、素直に嬉《うれ》しかった。

僕にしかできないこと。これが――？

先ほどミラに言われた、君のなすべきことという言葉。その答えの糸口が、今の自分の行動の中に、果たしてあるのだろうか？

「とにかく、助かった。ありがとうジュード、アルヴィン」

ミラはふたりに向かって礼を述べた。

「ちっとも休憩《きゅうけい》するどころじゃなかったが、このまま出発するか」

「あ、待って。さっきの人は？」

「悪い奴《やつ》のことまで気にしてたら日が暮れるぞ、優等生」

アルヴィンはジュードの肩に手を回し、そのまま歩き出す。

「ところでアルヴィン、あの女の人と顔見知りだったの？　何か話しかけられてたみたいだけど」

「どうだろうな。向こうは知ってたみたいだけど、俺は」

アルヴィンは歩きながら肩をすくめた。

「傭兵《ようへい》とは、恨《うら》みを買う商売のようだな」

「でも、きれいな人だったね」

「おや、年下好みかと思いきや、実はジュード君は年上のほうが趣味《しゅみ》だったか？」

揶揄《やゆ》する口調のアルヴィンに向かって、ジュードは笑いかけた。

「そうだね……どっちかと言えばそうかも」

アルヴィンはジュードが先ほどのようにうろたえず、あっさり切り返してきたため一瞬《いっしゅん》意外そうな顔を浮かべたが、すぐにそれが苦笑へと変わった。

「……若者は成長が早いね」

そんなふたりのやり取りを、ミラが微笑《ほほえ》ましそうに見守る。

身体《からだ》は疲労しているにもかかわらず、ジュードは自分の足取りがハ・ミルを発《た》った時よりも何だか軽くなっているような気がした。

3

Jude

キジル海瀑《かいばく》を越えて、一行はようやく目的地であるニ・アケリアへと到着した。

「へえ……ここがミラの故郷なんだね」

ジュードは周囲を見渡しながら感慨《かんがい》深げに呟《つぶや》いた。

「意外と普通の村なんだな」

横にいたアルヴィンが素《そ》っ気《け》ない感想を述べる。

「そうかな？　家の形とかも他のところと随分《ずいぶん》違ってるし、変わった雰囲気《ふんいき》だと思うけど」

耳を澄《す》ますと、あちこちからちりん、ちりんと涼しげで透明な音が聞こえてきた。家屋の外側に柱が立っていて、その柱と柱の間に帯が渡されており、そこにぶら下げられた鈴が風に吹かれて音を奏《かな》でているようだった。

「見るもの全《すべ》てが新鮮ってわけか？　若い者は感受性が強いね」

「またそういうこと言う。アルヴィンだって、そんなに年じゃないでしょ」

ジュードとアルヴィンが話している間に、ミラがふたりのそばを離《はな》れ、近くにいた村人のほうへと近づいて行く。

「すまない。イバルはどこにいる？」

話しかけられた村人はミラを見て目を丸くした。

「マ、マクスウェル様！　わ、私などにお声をかけてくださるなんて、ありがとうございます！」

村人は即座にその場でひれ伏した。さらに、近くにいた他の人々までもが次々にそばにやってきて、同じようにし始める。皆、口々に「ありがたや」だの「おかえりなさいませ」だのと感極《かんきわ》まったように呟《つぶや》いていた。

「すごい……崇《あが》められてる」

「正真正銘《しょうしんしょうめい》、本物だってことか。実はちょっと疑ってたんだけどな」

「緊張《きんちょう》するな。普段《ふだん》通りにしていればいい。それより、イバルは？」

ミラが改めて村人に問いかけた。

「は、はい。それが……マクスウェル様のお戻りが遅い、お迎えに行ってくると言い残して……」

「出て行ったのか。相変わらず短気な奴《やつ》だ」

ミラはひれ伏したままの村人たちに元通りにするよう告げると、ジュードたちのところまで戻ってきた。

「ジュード、アルヴィン、すまないが手を貸してもらえないか？」

「何をすればいいの？」

「私はこれからすぐに、社《やしろ》で四大《しだい》を再召喚《さいしょうかん》する儀式《ぎしき》を執《と》り行う。それに使う世精石《よしょうせき》と呼ばれる石を、社まで運んでほしい。本当は巫子《みこ》にやらせるところなのだが、不在らしくてな」

ジュードはアルヴィンと顔を見合わせた後、ミラに向かって頷《うなず》いた。

「うん、わかった。その何とか石がある場所を教えてもらえる？」

ミラに頼《たの》まれた世精石と呼ばれる石は、村の四方にある祠《ほこら》にひとつずつ祭られていた。

ジュードとアルヴィンはミラに言われるまま、全部で四つあるその石を村の外れにある社へと運び込んだ。

社《やしろ》は長い階段を上った先にある、清らかで瑞々《みずみず》しい空気に満ちた場所だった。立ち止まって深呼吸しているだけで、身体《からだ》の隅々まで浄化されるような気持ちになる。

社の中に入ると、ますますその想《おも》いが強くなった。

ミラはこの場所でどうやって毎日を過ごしていたのだろう――そんなことを、ジュードは心の中でふと考えた。

「さあ、儀式《ぎしき》をすませよう」

ジュードたちは部屋の中心に運んできた四つの世精石《よしょうせき》を置いた。ミラがその間に胡坐《あぐら》をかき、目を閉じる。精神を集中しているようだ。

「……俺たちは隅っこでおとなしくしていようか」

アルヴィンに耳打ちされ、ジュードは彼と一緒《いっしょ》に壁際《かべぎわ》まで下がって様子を見守ることにした。

やがて、世精石がほんのりと光を放ち始めた。赤、青、黄、緑。大精霊《だいせいれい》と同じ色をした光が、ミラのいる位置を中心にして床に魔法陣《まほうじん》を描き出す。

ミラが光に包まれながら、両目を開けて何やら小声で呟《つぶや》いた。その目はどこにも焦点が合っておらず、どこか恍惚《こうこつ》としているようにも見受けられる。

世精石から発せられる光はみるみる強くなり、ついにはジュードたちの視界を塞《ふさ》ぐほど爆発的なものになった。

これで大丈夫《だいじょうぶ》なのかと心配になった瞬間《しゅんかん》、ジュードの耳に、何かの砕ける鋭い音が連続して響《ひび》いてきた。

その音を合図に、光の爆発が唐突《とうとつ》に収まる。

「こ、これは……」

ジュードは回復した視界に映った光景を見て驚《おどろ》いた。世精石がいずれも原型を留《とど》めないほど砕けており、床一面に破片が飛び散っていたからだ。音の正体はこれだったらしい。

ミラは部屋の床に手をつき、肩で息をしていた。

「はあ……はあ……」

「ミラ、大丈夫？」

「儀式はどうなった？」

アルヴィンの問いかけに、ミラは力なくかぶりを振った。

「失敗だ。四大《しだい》の再召喚《さいしょうかん》はならなかった」

「そんな……」

その時、社の外から誰《だれ》かが走って来て、扉をどんどんと乱暴に叩《たた》いた。

「ミラ様、いらっしゃいますか！」

ミラの返事を待たず、扉が勢いよく開かれ、ひとりの若者が社の中へと飛び込んでくる。

ジュードと同年代くらいと思われる、銀色の髪に鋭い目つきをした若者だった。

「……イバルか」

ミラが若者を一瞥《いちべつ》し、呟《つぶや》く。

「ミラ様がお戻りになったと村の者に聞きまして、あわてて馳《は》せ参じたのですが……こ、これは一体?」

イバルと呼ばれた若者は、床に散らばる石の破片を見て焦《あせ》った声を出した。

「四元精来還《しげんせいらいかん》の儀《ぎ》を執《と》り行ったのですか? しかしこの有様は……イフリート様! ウンディーネ様!」

イバルは周囲を見渡しながら、大声で呼ばわった。

「シルフ様! ノーム様!」

次々に大精霊《だいせいれい》の名を口にしたが、何も起こらない。ジュードがラフォート研究所で目にした大精霊たちが姿を現す気配は微塵《みじん》もなかった。

「ミラ様……何があったのです?」

「見ての通りだ。四大《しだい》の力を失ったので再召喚《さいしょうかん》しようと思ったのだが、できなかった」

ミラが疲労のにじんだ声で答えた。

「召喚できないってことは、大精霊は死んでしまったのか?」

「バカが。大精霊が死ぬものか」

イバルがアルヴィンを見て、呆《あき》れたように吐《は》き捨てる。

「大精霊も微精霊《びせいれい》と同様、死ねば化石となる。だがその力は次の大精霊へと受け継がれる！」

「……って言われてるけど、実際に見た人はいないって話だよ」

ジュードはアルヴィンにこっそり耳打ちした。

「存在は決して死なない幽世《かくりよ》の住人。それが精霊だ」

「死んだわけでもなく、再召喚にも応じないってことは……もしかしたら四大精霊《よんだいせいれい》は、クルスニクの槍《やり》に捕らわれたのかもしれない」

ジュードは四大精霊が吸い込まれて消えていった時の様子を思い出した。

「バカが！　たかが人間ごときが、そう易々《やすやす》と四大様を捕らえられるはずがないだろう！」

「ありえないことでも、他に可能性がないなら、真実になり得るんだよ」

ジュードはイバルに向かって答えた。

「何もない空間で、卵がひとりでに潰《つぶ》れた場合、その原因は卵の中にある……この言葉、知らない？」

「知るか！」

「『ハオの卵理論』だな。さすが優等生」

アルヴィンはすぐにわかったようだった。五百年前の研究者、ハオ博士はこの理論を使って精霊術《せいれいじゅつ》の構造を解き明かし、今日のリーゼ・マクシアにおける精霊術文化隆盛の礎《いしずえ》を築いたと言われている。ジュードは恩師のハウスからよくこのハオの卵理論を引き合いに出され、様々なことを教えられたものだった。

「ジュード。君は四大《しだい》が捕らえられる瞬間《しゅんかん》を見ていたのだな」

「あ、うん。あの時は何が起きているのかわからなかったけど……」

「……そうか」

ミラはゆっくりと床から立ち上がった。

「……ジュード、アルヴィン、すまないが先に村に戻っていてもらえるか。私は少しここで考えたいことがある」

「そうだそうだ。ここは貴様たちのような部外者が気安く足を踏《ふ》み入れていい場所ではないぞ！　さっさと出ていけ！」

イバルがまるで野良猫《のらねこ》でも追い払おうとするかのように、ジュードとアルヴィンに向かって手を振った。

「イバル、お前も帰れ。そばでうろつかれると邪魔《じゃま》だ」

「な……ミ、ミラ様……」

イバルはミラの言葉に衝撃《しょうげき》を受けたらしく、口をぽかんと開け、目を大きく見開いたまま固まってしまう。

その間に、ジュードとアルヴィンは社《やしろ》を後にした。

「……さてと。村の連中に謝礼をもらったら、俺はお暇《いとま》するかな」

社を出て、正面にある階段を下り始めたところで、アルヴィンが思い切りのびをしながら口にした。

「もう行っちゃうの？」

「こんないかにも平和そうな村には、傭兵《ようへい》の仕事は転がっていないだろうしな。飯の種にありつけそうな土地を目指すとするさ。……ジュードはしばらくここに厄介《やっかい》になるのか？」

「うーん……どうだろう……」

ミラはそのつもりで、一緒《いっしょ》にニ・アケリアまで来ないかと言ってくれたのかもしれない。現実的に考えて、それが一番賢明なのだろうとジュードも思う。しかし――

彼は背後の社を振り返った。

「なすべきこと……自分の力……」

ハ・ミルを出た時ミラに言われたその言葉は、今も答えを見つけあぐねて、ジュードの中でぐるぐると渦を巻いていた。

自分は何をすべきなのか。どうしたいのか。

どうしてもそれがわからず、もどかしい思いが募《つの》る。

その時、社の扉が開き、中からイバルが出てきた。

彼はがっくりと肩を落とし、はあああと大きなため息をついた後、ジュードとアルヴィンがまだいるのに気付いて猛然と走り寄ってきた。

「おい、貴様ら！」

イバルは激しい剣幕で、いきなりジュードたちに突っかかってきた。

「貴様らがしっかりしていないせいで、ミラ様は苦しまれる羽目《はめ》になったのだぞ！　反省しろ反省を！　あああ、俺がついて行っていればこんなことには！」

両手で頭をかきむしり、地団駄《じだんだ》を踏《ふ》むイバルを見て、アルヴィンがやれやれとばかり肩をすくめる。

「いいか！　これからもミラ様のお世話は俺がする。貴様らはこれ以上余計なことをするな！」

ジュードとアルヴィンに向かって指を突き付け、宣言すると、イバルは荒々しい足取りで階段を下りて行った。

「せわしない奴《やつ》だなあ」

アルヴィンがその様子を見ながら呆《あき》れたように口にしたが、ジュードはイバルにはまったく関心を払っていなかった。

彼の視線は、ミラがまだ残っているだろう社《やしろ》に向かって釘付《くぎづ》けになったままだった。

「こっちも悩み中か……もう少しここにいるなら、俺は先に戻ってるぜ？」

「あ、うん」

アルヴィンはジュードの肩をぽんぽんと叩《たた》き、去っていった。

「僕の……なすべきことって……」

ジュードの口から、以前思ったことが今度は呟《つぶや》きとなって漏《も》れた。

Milla

ジュードとアルヴィン、それにイバルが出ていき、ひとりきりになった後、ミラはしばらくの間動かず社の中心に立ち尽くしていた。

当然ながら、周囲に四大《しだい》の気配はない。これまで、ここにいる時は決して感じることのなかった空虚感《くうきょかん》に心が一瞬囚《いっしゅんとら》われた。

ジュードは四大精霊《よんだいせいれい》がクルスニクの槍《やり》に捕らわれたのかもしれないと言っていた。

もし、その推察が事実なら――

「四大を救い出すのにも、これがなければならない、か」

ミラは右手を持ち上げた。手のひらの上に、蛇《へび》がとぐろを巻いたような円盤《えんばん》状の物体が載っている。

あのイル・ファンの研究所で、クルスニクの槍の操作盤に挿してあったのを抜き取ったものだった。

恐らく、あの兵器を動かすための『カギ』のような物だと考えて間違いないだろう。だからこそラ・シュガル兵は、海を越えてまで執拗《しつよう》に後を追ってきたのに違いない。キジル海瀑《かいばく》で出会ったあの女はもしかしたらラ・シュガルとは別の勢力に属する人間だったのかもしれないが、『カギ』を狙《ねら》っていたという点では同じだ。ぱっと見用途がわからない不思議な形状をしているため、一度は手にしておきながらあっさり投げ捨ててくれたのでこちらは助かったが。

この『カギ』がこちらの手にあるうちは、クルスニクの槍《やり》が使われることはないかもしれない。しかし、このまま放《ほう》ってはおけないことに変わりはなかった。四大《しだい》があそこに捕らわれたままになっているとすればなおさらだ。何としてももう一度イル・ファンへ赴《おもむ》き、今度こそ槍を完全に破壊《はかい》しなければならない。

ミラは腰にさしていた剣を抜き放ち、その場で何度か振るった。風を切る鋭い音が室内に響《ひび》き渡る。ニ・アケリアへ来るまでの道中、アルヴィンに的確な指導を受けたこともあって、だいぶ扱いには慣れてきていた。

続いて、『カギ』を持っていた手を目の位置にかざしながら、口の中で素早く精霊術《せいれいじゅつ》を詠唱《えいしょう》する。たちまち手のひらが光を発し、今にも術が発動しそうになった。

その段階で詠唱をやめると、光は消え去った。

「……このままでやるしかないな」

剣を鞘《さや》に戻し、『カギ』をしまい込んだ後、彼女は社《やしろ》の一角にある書棚へ行き、そこにあった書物を何冊か手に取って書かれている内容を確認した。

「よし、そろそろ行くか」

自分に向かって小声で呟《つぶや》いてから、出口に向かって歩いていく。

初めてイル・ファンを目指した日と同じように、両手で扉を押し開き、外へ出た。

そこには――

「ミラ」

「……ジュード？」

とっくに村へ戻っただろうと思っていたジュードが、階段の前に立ち、ミラが出てくるのをひとりで待っていた。

Jude

「考え事はもう終わった？」

ジュードは意外そうな表情を浮かべてこちらを見ているミラに向かって尋ねた。

「ああ、終わった。それよりジュード、そんなところで何をしている？」

「うん、まあ……ちょっとね」

ミラが近づいて来るのをじっと見つめながら、ジュードは答えた。

「村に戻るのに気がねしているのか？　心配はいらない。私が口を利《き》けば、君の面倒を見るのを彼らが拒《こば》むことはまずないはずだ」

「あ、いや……それは別に心配してないんだけど。それよりミラは、これからどうするの？」

こちらをひたと見据えるミラの強い眼差《まなざ》しに気おされるものを感じながら、彼はさらに質問を重ねる。

「クルスニクの槍《やり》を壊《こわ》しに、またイル・ファンに戻るの？」

「ああ」

ミラはジュードの問いに即答した。

「四大《しだい》のことや、あの場にいたマナを吸い出された人間たちのことを考えるに、おそらくクルスニクの槍とはマナを集めて使用される装置なのだろう。あれが今すぐ使われるとは考えにくいが、奴《やつ》らのマナ確保は今後も続けられる可能性が高い。見過ごしにはできん」

「……そっか」

ハ・ミルでクルスニクの槍についてジュードが尋ねた時、ミラは知る必要はないと言って何も教えてくれなかった。しかし今は、詳しく話してくれている。

もしかしたら少しは信用してくれるようになったのかもしれない。それが少し嬉《うれ》しくて、そんな想《おも》いに後押しされながら、ジュードは言葉を継いだ。

「でね……それ、ひとりでやるの？」

ミラの口元に微苦笑が浮かぶ。

「回りくどいぞ、ジュード。何が言いたい？」

「……ミラってどうしてそんなに強いのかなって」

「なるほど。君は私に興味があるんだな」

言われた瞬間《しゅんかん》、ジュードの心臓が跳ねた。たちまち顔に血が上り、自分でも驚《おどろ》くほど熱くなってしまう。ミラは精霊《せいれい》マクスウェルであり、普通の人間ではないとわかってはいるが、それでも女性、しかもどう控え目に評してもとびきり魅力的《みりょくてき》な容姿の女性であることは間違いない。そんな彼女に直球で心の中に切り込まれて、動揺しないはずがなかった。

「き、興味っていうか……僕はただ……その……」

ただその、何だ？　ジュードは自分が何を言おうとしているのか、自分でもわからなくなった。落ち着け、うろたえるな、と心の中で懸命《けんめい》に己に訴える。

「私にはなすべきことがある」

ミラが落ち着いた声で口にした。それを聞いて、ジュードの心臓が再び大きく脈打つ。ただし今度は顔に血は上らなかった。むしろ逆だった。直前まであわてていたのが嘘《うそ》のように、瞬時に気持ちが冷静になる。

「なすべきこと……」

「そう。私はただ、それを完遂《かんすい》するために行動しているだけだ。強いとか強くないとか、考えたことはない」

「でも今のミラの力だと……ひとりじゃ無理だと思う」

ジュードは自分が思ったことを正直に告げた。

「それでも、やるしかない」

「死んじゃうかもしれないのに？」

精霊《せいれい》マクスウェルであるミラに人間と同じような死はないのかもしれないが、それでも。

「もう決めたことだ」

ジュードはふう、と大きく息を吐《は》いた。

「やっぱり強いよ。ミラは」

「納得したのか？　では……」

「あ、あのさ、ミラ」

ジュードは彼女の言葉を遮《さえぎ》った。

「僕も、一緒《いっしょ》に行ってもいいかな。ミラの……手伝いをしたいんだ」

「それが君のなすべきことなのか？」

「……うん」

ミラの目をじっと見つめながら、ジュードは頷《うなず》いた。

「それが今の僕にできる、最善のことだと思うから」

「……わかった」

「本当に？」

ジュードの全身を安堵《あんど》と喜びが満たした。口にしながら、断られるかもしれない、と内心気が気でなかったからだ。

「君は本当にお節介《せつかい》だな……懲《こ》りないと言ったほうがいいかもしれないが」

「そ、そうかな」

　確かに、昔から自分にはそういうところがあった。そのせいでいらぬ苦労を背負い込んだことも一度や二度ではない。それは今回のことにしてもそうだろう。

　それでもジュードは、自分のこの判断を間違いとは思わなかった。

「とにかく、いったん村に行こう。ここを発《た》つ前に準備しておいたほうがいいこともあるだろうからな」

「うん」

　ジュードはミラと連れ立って、階段を下りて行った。


　ニ・アケリアの村まで戻ってきたジュードたちは、さっそくこれからの旅に必要な食料などの物資を集めた。

「そう言えば、アルヴィンはどこへ行ったんだろう?」

　ジュードは周囲を見渡しながら呟《つぶや》いた。狭い村の中だからどこにいてもすぐにわかりそうなものだが、あの気さくな傭兵《ようへい》の姿はどこにも見えなかった。

村人のひとりが、アルヴィンがミラを送り届けた謝礼を受け取った後、誰《だれ》にも何も告げず村の外へふらりと出ていったことを教えてくれた。

「もらうものをもらったからもういいやって、行っちゃったのかな……ちゃんと挨拶《あいさつ》もしていないのに」

短い間とは言え、イル・ファンからここまでそれなりに苦労を共にして来た間柄なのに、こうしてあっさりと付き合いが終わってしまうのは何だか寂しかった。

それとも、傭兵《ようへい》にとってはこれが当たり前なのだろうか。

「あの男にもあの男なりの考え方や価値観があるのだろう。それを責めることは誰にもできまい」

「まあ、そうなんだけどね……」

「ミラ様！　またいずこかへ赴《おもむ》かれるのですか⁉」

そこへイバルが、あわただしく駆《か》け込んで来た。

「ああ。留守を頼《たの》む」

「自分も、ご一緒《いっしょ》いたします！　こんなどこの誰ともわからん奴《やつ》に、ミラ様のお世話を任せられません！」

イバルはジュードを憎々《にくにく》しげに睨《にら》みつけながら告げた。

「駄目《だめ》だ」

「な……⁉　なぜです、ミラ様！」

「イバル！　お前の使命を言ってみろ」

ミラが厳しい口調でイバルに向かって命じた。

「自分の使命は……ミラ様のお世話をすること、です」

「それだけか？」

「……あとは……戦えないニ・アケリアの者を守ることです……」

イバルが身を縮め、消え入りそうな声になって答える。

「わかっているようだな。私の旅の供はジュードが務めてくれる。お前が心配する必要はない」

「しかし、こいつのせいでミラ様は精霊《せいれい》たちを！」

「それは私の落ち度だ。それどころかジュードがいなければ、私はこうしてニ・アケリアに戻ることさえできなかったかもしれない」

「ミラ……」

ミラがはっきりと、自分のことを認める発言をしてくれた——ジュードの胸はささやかな誇《ほこ》りと満足感に包まれた。

「ですがミラ様！」

「くどい。なすべきことを持ちながら、それを放棄《ほうき》しようというのか？　イバル」

「……い、いえ……」

イバルは唇《くちびる》をかみ、黙《だま》り込んだ。ミラの口にする「なすべきこと」という言葉は、彼女自身が何に代えても己のそれを果たそうとしているだけに、重い響《ひび》きを持つ。同じことを言われ、ずっとそのことで悩んできたジュードには、イバルの気持ちが少しだけ理解できる気がした。口に出しては何も言わなかったが。

ミラがジュードのほうを振り返った。

「……さて、ジュード。準備が整ったなら、そろそろ出発しようと思うが」

「あ、うん」

ジュードはミラの言葉に頷《うなず》いた。

「えーと、まずはイラート海停《かいてい》に戻るってことでいいのかな？」

それだと恐らく途中でまた、ハ・ミルを通ることになるだろう。

ぬいぐるみを抱えた少女のことをジュードはふと思い出した。あの子はあれからどうなっただろうか。無事でいてくれるといいのだが。

「そうだな。ついでにハ・ミルでラ・シュガル軍の動向も探るとしよう。もしかしたらイル・ファンに潜《もぐ》り込む妙案が眠っているかもしれん」

「わかった」

「お、お気をつけて！」

歩き出したジュードとミラに向かってイバルが深々と頭を下げたが、ミラはそんな彼に一瞥《いちべつ》もくれなかった。

怒《おこ》らせると怖いようだ、とジュードは肝《きも》に銘《めい》じておくことにした。

またしても村人たちが集まって来て、盛大な見送りを受ける中、ふたりはニ・アケリアを後にした。

「……まったく。ああいうことをするなと、いつも言っているのだが」

村を出て歩き出したところで、ミラが辟易《へきえき》したように口にした。

「確かに、毎回だと疲れるかもね」

「あんなことをされたのでは、落ち着いて地図を見ることもできん。さて……」

ミラは地図を取り出し、開いた。

「イラート海停に行くなら、地図は必要ないんじゃないの？」

一度通った道だ。わざわざ確認するまでもない。

「イル・ファンへ船で行けぬ場合は、どうすればいいのかと思ってな」

「あ、そっか」

確かにその可能性は、考えに入れておいたほうがよさそうだ。

ジュードはミラのそばに近づき、彼女の手にしている地図を覗《のぞ》き込んだ。

「えーと……船が使えないとなると、陸伝いにぐるっと回り込むしかないのかな……？」

「旅に慣れていない身で、ファイザバード沼野やアルカンド湿原を越えるのは骨が折れる。そっちを経由するのはお勧《すす》めしないな」

背後から不意に声がかかった。

「アルヴィン⁉」

ジュードが振り返ると、こちらに向かって歩いてくるアルヴィンの姿があった。

「置いていくなんてつれないな。ふたりとも」

「姿が見えなかったのはそっちじゃない。どこへ行ってたの？」

「ちょっと周辺をぶらついてたのさ」

アルヴィンは肩をすくめた。

「それよりジュード、身の振り方を決めたんだな。本当にそれでいいのか？」

「うん。ミラの手伝いをするって決めたから」

「あっそ」

ジュードがきっぱりとした口調で答えると、アルヴィンはそれ以上何も言わなかった。一《いっ》瞬《しゅん》、彼が皮肉っぽい表情を浮かべたようにも見えたが、すぐに消えてしまったのでよくわからなかった。

「ア・ジュールを経由するのはお勧めしないと言ったな。他に手立てはないか？」

ミラがアルヴィンに向かって尋ねる。

「イル・ファンに戻るには、だろ？　そうだなあ……俺だったらイラートからサマンガン海停《かいてい》に渡って、そこからカラハ・シャールを通って行くな」

　アルヴィンは地図の一点を指し示した。

「ふむ。ではその線も考えておこう」

「俺もお供させてもらうぜ」

「本当に？」

　アルヴィンが一緒《いっしょ》に来てくれるなら心強い。だが、彼はそれでいいのだろうか？　イル・ファンで謝礼目当てにジュードとミラを助け、その思惑が外れたこともあるというのに。

「もちろん、ただじゃない。実はあのイバルとかいう巫子《みこ》殿に頼《たの》まれてね。これが俺の新しい仕事ってわけだ」

　アルヴィンは懐《ふところ》から金の入った袋を取り出し、見せた。袋の中でちゃり、と金属のすれあう音がする。

「ああ、そういうこと」

　ジュードは納得した。あのイバルという若者、激昂《げっこう》しやすい性格だと思ったが、案外冷静な判断力も持ち合わせているらしい。何はともあれ、アルヴィンが引き続き同行してくれるなら助かるのは確かだった。

「ふふ、そうか。心強いよ、アルヴィン」

ミラが涼しげな微笑を浮かべる。

「それじゃ、行くとしますか」

「うん」

三人はニ・アケリアへ来た時と同じ道を、今度は逆にたどり始めた。

「む……？」

ふとミラが、怪訝《けげん》そうな顔を浮かべて周囲を見渡す。

「どうしたの、ミラ？」

「いや……何者かの視線を感じたように思ったのだが、気のせいかな」

「どこかその辺で、あの巫子《みこ》様が未練がましく見つめてるんじゃないか？」

ミラはアルヴィンの言葉にわずかに眉《まゆ》をひそめた。

「あり得るな……」

「はは……」

ジュードの口から乾いた笑いが漏《も》れた。

▼

――村を後にして歩き去る三人を、離《はな》れた地点から見つめる複数の目があった。

「この距離《きょり》で、こちらの視線に気付いたか。なかなか鋭い」

最初に口を開いたのは、長身で引き締《し》まった体格をした男だった。木の陰にじっとたたずんでいるだけにもかかわらず、全身から横溢《おういつ》する苛烈《かれつ》なまでの覇気《はき》が、彼が長年戦いの場に身を置いている人間であることを雄弁に物語っている。ミラたちを見据える眼差《まなざ》しは鋭く、まるで眼光だけで人を射殺せそうなほどの迫力に満ちていた。

「あの女がマクスウェルか。確かに力を失っていたのだな、プレザ？」

「はい、間違いありません」

そう答えたのは、キジル海瀑《かいばく》でミラに奇襲《きしゅう》を仕掛けた、長髪の女性だった。

「それでも『カギ』を手に入れることはできなかった……どこかに隠された可能性があるとすると、いささか面倒だな」

プレザと呼ばれた女性のすぐ横にいた男性が、顎《あご》に手をやり考え込む仕草を見せながら口にした。全身黒ずくめの、細身の男だった。最初に口を開いた男と年齢的には近そうだったが、発している気はまるで違う。こちらはどちらかといえば物静かな印象だった。とはいえ、柔弱な気配は微塵《みじん》もない。いかにも怜悧《れいり》そうな視線を、遠ざかっていくミラたちに向かってじっと注いでいる。

「あの娘がマクスウェルと知っておれば、捕まえて『カギ』のありかを吐《は》かせたのじゃがのう」

そして四人目は、ハ・ミルでミラたちとも一度出会っている、あの巨漢の男だった。

「これからどうなさいます？」

　プレザが最初に口を開いた男に向かって尋ねた。

「今しばらくはこのまま泳がせるとしよう」

「私もそれがいいと思います。ラ・シュガルの目を奴《やつ》らに向けさせ、我らはその間に静かに事を進めるのが得策かと」

　黒ずくめの男が同意した。

「それと、アグリアからですが……失われた『カギ』を新たに作製しようとする動きがあるようです。探りを入れたほうがいいかもしれません」

「確かに捨て置けんな。ジャオ、お前に任せる」

　最初に口を開いた男が、巨漢の男に向かって命じた。

「……はっ」

　巨漢の男——ジャオは一瞬《いっしゅん》迷ったような顔を見せたものの、おとなしく頭を下げた。

「それとプレザ。お前はアグリアと連携を取り、イル・ファンに潜《もぐ》れ」

「かしこまりました。ですが、マクスウェルのほうはよろしいのですか？」

「大丈夫《だいじょうぶ》だ。まだ駒《こま》はある。『カギ』のありかも探らせる」

　黒ずくめの男が、代わって答えた。

4

Jude

再び訪れたハ・ミルの村は、以前と雰囲気《ふんいき》を一変させていた。

前回は何人もの村人たちがにこやかな笑顔を浮かべながら近づいて来て、親しげに話しかけてくれたものだが、今回そういうことをする人間はひとりもいない。

皆、三人の姿を見るなりそそくさと家の中に入ってしまい、扉や窓の隙間《すきま》から胡乱《うろん》な視線を向けてくる始末だった。

「……とても歓迎されてるようには見えないな」

「どうしちゃったんだろうね……」

ラ・シュガルの兵士たちが村へやって来たことと何か関係あるのだろうか。

そんなことを心の中で考えながら、村の広場までやって来たところ——

あのぬいぐるみを抱えた少女が、数人の村人に囲まれているのがジュードの視界に入った。

「あの子は……」

村人たちは少女に向かって口々に何かを叫んでいた。

「さっさと出ていけ、このよそ者が！」

「あんたなんか来なければよかったのよ！」

聞けば、大の大人が年端《としは》もいかない少女に向かって敵意をむき出しにし、罵倒《ばとう》の言葉を浴びせている。

「何てことを……あの子が何かしたって言うの？」

ジュードの中に、憤《いきどお》りの感情が瞬時《しゅんじ》に湧《わ》き起こった。

その気持ちは、村人のひとりが地面に落ちていた石を拾って少女に投げつけたのを見るに至って、抑えがたいものになる。

「いたっ……」

『やめて、ヒドイことしないで。お願いだよー！』

少女は額に石をぶつけられて地面にうずくまってしまい、代わってぬいぐるみが村人に向かって懇願《こんがん》した。

「何言ってやがる。気持ち悪いんだよこいつ！」

「……許せない」

「あ、おい、ジュード」

アルヴィンが呼びかけるのにも答えず、ジュードは拳《こぶし》を握りしめながら、少女たちのほうへ足早に近づいて行った。

彼女に石をぶつけた村人がもう一度同じことをしようとしていたのを、無言でその腕を摑《つか》んでやめさせる。

「お前、あの時の……」

ジュードは村人の腕を放すと、少女の元に歩み寄った。

「大丈夫《だいじょうぶ》？」

「あ……」

少女がジュードのほうに顔を向けた。額に傷を負っており、血がにじんでいる。

「かわいそうに。今治してあげるからね。……治癒功《ちゆこう》！」

ジュードのかざした手のひらから柔らかな光が発して、少女の傷を包んだ。

「あ……いたく……なくなりました……」

少女がきょとんとした表情を浮かべ、手で額をさする。

「よかった。これでもう大丈夫だよ」

「このっ……！」

「おいおい、やめとけよ」

石を摑んでいた村人が再び腕を振り上げかけたのを、今度はアルヴィンが止めた。

アルヴィンとミラはジュードのそばまでやって来て、無言で村人たちを睨《にら》みつけた。

「う……」

それだけで、村人たちはたちまち気圧《けお》されて後ずさる。

そこへ、今度は村長がやって来た。

「また来おったか。お前たちのせいで、こっちは散々な目に遭《あ》ったわ！」

「ラ・シュガル軍の仕業《しわざ》か？」

ミラが村長に向かって尋ねた。

「そうじゃ！」

「ミラ、アルヴィン、見て。村の人たちが……」

いつの間にか、大勢の村人たちが外に出てきて、ジュードたちを遠巻きに取り囲んでいた。その多くが腕や足に包帯を巻いていたり、身体《からだ》中に傷を負ったりしている。

「こっぴどくやられたみたいだな。でもこの子に八つ当たりってのは、大人気《おとなげ》ないんじゃないのか？」

アルヴィンがたしなめると、村長の表情がますます険しくなった。

「よそ者に関《かか》わるとロクなことにならん！　さっさとここを出ていけ！」

村長は憎々《にくにく》しげに吐《は》き捨てると、去っていった。それを合図に、他の村人たちも散り散りになる。

少女も何も言わずにその場から走り去っていった。

「あ……」

ジュードは遠ざかる少女の後ろ姿を見つめ、次いでミラのほうに目を向けた。

「ミラ……ちょっといいかな」

ミラはジュードの言いたいことをすぐに理解したらしく、頷《うなず》いた。

「私たちは村の者から、ラ・シュガル軍の動向を聞きだしておく。長く留《とど》まるつもりはないぞ。それを忘れるな」

「わかってる。ありがとう、ミラ」

ジュードは少女の後を追って駆け出した。


村の外れにぽつんと建っていた小さな小屋の中に、少女は入っていった。

ジュードは彼女を追って小屋の中に足を踏《ふ》み入れた。

「いない……地下か？」

隅のほうに、下へ続く階段があった。彼はためらうことなくその階段を下り、蠟燭《ろうそく》だけを唯一の光源とする、薄暗《うすぐら》い部屋に行きついた。

構造的にほとんど換気ができないこともあって、空気がどんよりと淀《よど》んでいる。

もしかして少女は、ここで暮らしているのだろうか？

こんなところに長くいたら、間違いなく健康を損ねてしまうだろう。医者の卵たるジュードにとっては、見過ごせない環境だった。

少女の姿は暗がりに隠れて見えなかったが、どこからか、息を潜《ひそ》めている気配が伝わってくる。

「ちょっとお話ししない？　大丈夫《だいじょうぶ》。僕はいじめたりなんてしないよ」

ジュードは優しい声で語りかけた。

そのままじっと動かずに待っていると、やがて少女がぬいぐるみを抱えて、おずおずと姿を現した。

「こんにちは。また会ったね。前の時は、助けてくれてありがとう」

腰をかがめ、少女と目線を合わせながらジュードは微笑《ほほえ》みかけた。医学校では小児科の研修もあったので、子どもと接するのはそれなりに慣れているつもりだった。

少女がジュードのほうをちらっと見つめ、すぐまた視線を外した。それを何度か繰《く》り返す。

何か言おうとして、でも言い出せないといった様子だった。こういう時は、急《せ》かしてはいけない。

「…………」

『こんちはー！』

先に喋《しゃべ》り出したのは少女自身でなく、ぬいぐるみのほうだった。どういう仕組みなのかはわからない。精霊術《せいれいじゅつ》の一環なのか、それとも機械仕掛けなのか。少女の腹話術という線はさすがになさそうだったが。

「ティ、ティポ……名前なの」

『彼女はエリーゼって言うんだ。ぼくはエリーって呼ぶけどね。よろしくねー』

「僕はジュード。よろしくね、ふたりとも」

ジュードはエリーゼとティポに向かって自分の名を名乗った。

『ジュード君！　助けてくれてありがとー』

「……ありがとう……です」

エリーゼが顔を赤らめながら口にする。

「お礼を言うのはこっちだよ。この前は君たちのお蔭《かげ》で僕たちが助かったんだから。……ところで、何があったの？　よかったら聞かせてもらえる？」

『外国の怖いおじさんがいっぱい来て、それをおっきいおじさんがやっつけたんだけどどっかいっちゃって、そしたら外国のおじさんが村のみんなをいじめたんだー』

「……なるほど」

大きいおじさんというのは、あの巨漢の男のことだろう。あれだけ堂々たる体軀《たいく》の持ち主であれば、兵士を相手にしてもひけはとるまい。

「そのおっきいおじさんは、エリーゼのお友達なの？」

「……ううん」

エリーゼは顔をうつむけ、ふるふると首を振る。

『おっきいおじさんはエリーをここに閉じ込めた悪い人だよー』

「そうなんだ……」

確かに思い返してみると、あの巨漢の男はエリーゼに向かって小屋を出るなと言っていた。男の行動の理由がわからない。なぜエリーゼをこんな不衛生なところに閉じ込めているのかも、なぜラ・シュガル兵を攻撃《こうげき》しておきながらどこかへ行ってしまったのかも。

ひとつはっきりしていることは——あの巨漢の男は、どうやらエリーゼにとって完全な味方ではなさそうだということだった。

『外国のおじさんがいなくなってから、外に出るとみんながああやって石をぶつけてくるんだ。ひどいよねー』

「そうだね……」

ジュードはティポの言葉に同意した。

「それで……ふたりは、ここで他のお友達を待っているの?」

「……お友達、いないから……」

エリーゼが消え入りそうな声で呟《つぶや》く。

「じゃあ、僕が最初の友達だね」

「え……?」

エリーゼの目が、驚《おどろ》きに見開かれた。

ジュードがそんな彼女ににっこりと微笑《ほほえ》みかけると、彼女の顔に再び朱がさす。

「……うれしい、です」

『わーい、友達ー♪　ジュード君は友達ー♪』

「エリーゼ、君のこと、僕の友達に話していいかな？」

ジュードの質問に、エリーゼがきょとんとした顔を浮かべた。

「君をこのままにはしておけない。何とかできないか、相談したいんだよ」

「………」

エリーゼは顔を伏せ、しばらく考え込んでいたが、やがて意を決したらしくこくんと頷《うなず》いた。

『ジュード君は友達だからジュード君のことは信じちゃうよー。そうだよねエリー？』

「ありがとう。それじゃ、ちょっと待っててくれるかな。さっそく行ってくる」

ジュードは立ち上がり、エリーゼに手を振って立ち去ろうとした。

エリーゼがすかさず、そんな彼の服の袖《そで》をつかむ。

「エリーゼ……？」

エリーゼはジュードを見上げながら、何かを訴えかけるようなひたむきな眼差《まなざ》しを彼に向けていた。

ジュードはそんな彼女の視線にこめられた気持ちを即座に理解した。

「わかった。じゃあ一緒《いっしょ》に行こうか」

エリーゼは顔を輝《かがや》かせ、何度も頷《うなず》いた。


エリーゼを連れたジュードが村の広場まで戻ってくると、ちょうどミラとアルヴィンも向こうから連れ立ってやって来るところだった。

「特に有益な情報は得られなかった。ここにもう用はない。すぐにも発《た》つぞ」

ミラがジュードの目を見ながら告げる。

「待って。この子のことで話があるんだ」

ジュードはふたりに向かって切り出した。

エリーゼにティポとそこら辺で遊んでいるように言い、彼女が離《はな》れるのを待って、小屋で聞いた話をふたりにも伝える。

「……救われないな」

アルヴィンが肩をすくめた。

「それで、ジュード君は俺たちに何を求めてるんだ？」

そう言って、人好きのする笑みを向けてくる。そんな彼の表情に後押しされ、ジュードは言葉を継いだ。

「一緒に連れていけないかなって」

それはエリーゼを連れて広場まで戻ってくる道すがら、考えていたことだった。このまま彼女が村に留《とど》まっても、皆に迫害されるだけだ。このまま放置しておいたら、ますます状況が悪化してしまうかもしれない。しかも、ここで仮にあの巨漢の男が戻ってきたとしても、今度はあの薄暗《うすぐら》い地下室に軟禁される生活が待っているのみ。どちらにせよエリーゼにとっていいことは何もない。

彼女をここに置いてはいけない。その想《おも》いはジュードの中で、確信に変わっていた。

「やはりそう来たか。俺はどっちでもいいが」

アルヴィンはジュードの言葉を予想していたようだった。

「連れ出してどうする？　その先のことを考えているのか？」

これまで黙《だま》ってジュードの話を聞いていたミラが口を開いた。口調は冷静だったが、それだけに言葉に重みがある。

「私の目的はわかっているだろう？」

「……うん」

ジュードはミラを見つめながら頷いた。それ以上、何も言えなかった。

もちろん、わかっている。ミラがやろうとしていること。その手伝いをすると決めた自分。そこにエリーゼが加わることがどれほどの枷《かせ》となるか。

だが、それでも——

それでもジュードには、エリーゼを見過ごすことはどうしてもできなかった。これはミラとエリーゼ、どちらを取るかという問題ではない。どちらも放《ほう》っておけないのだ。

ミラはジュードがさらに何か言うのを待っていたようだったが、彼が黙《だま》ったままでいると、やがて諦《あきら》めたようにため息をついた。

「……いいだろう」

「本当に？」

その言葉を聞いて、ジュードの胸に歓《よろこ》びが兆《きざ》す。

「君のなすべきこと……これもまた、君がその答えを見出《みいだ》すために必要なのだろう？　やってみるといい」

「ありがとう、ミラ」

ジュードはミラに向かって頭を下げた。

「エリーゼに話してやれ。それと、のんびり支度《したく》している時間はないぞ」

「うん」

ジュードがエリーゼのそばに走っていき、話しかけるのを、ミラはじっと見つめていた。

エリーゼはジュードの顔とこちらを交互に見比べながら、こくこくと頷《うなず》いている。

「意外だったな」

横にいたアルヴィンが小声で話しかけてきた。

「何がだ？」

「俺はてっきり、あの子のことはバッサリ拒絶すると思った。思ったよりも人情家なんだな」

その言葉を聞いて、ミラは肩をすくめた。

「私の選択ではない。ジュードが彼自身の意志で決めたことだ」

そう告げて身を翻《ひるがえ》し、村の出口に向かって歩き出す。

「あ、おい。待ってくれよ」

アルヴィンがあわてて後を追ってきた。

「……それに」

ミラは足を止めず、アルヴィンのほうを見ようともせず、淡々と言葉を継ぐ。

「途中で足手まといになっても、仮に命を落としたとしても捨て置くだけ。私の使命に影響《えいきょう》はない。元々、ひとりで完遂《かんすい》するつもりだったのだからな」

「──！」

アルヴィンが息を呑《の》み、足を止める。

ミラはそんな彼を気にかけることもなく、そのまま歩いて行った。

TALES OF XILLIA 1

第三章

Jude

1

エリーゼは特に自分の荷物を持っていないとのことだったので小屋へは戻らず、ジュードは彼女を連れてすぐに仲間と合流した。

「ミラとアルヴィンだよ。ふたりともいい人だから、怖がらなくて大丈夫《だいじょうぶ》だからね」

ジュードはエリーゼに向かってふたりを紹介した。

「エ、エリーゼ・ルタス……です。よろしく……」

エリーゼがたどたどしく自己紹介する。

「年はいくつだ？　お嬢《じょう》ちゃん」

「……十二」

「ふーん、これは五年もすればすごい美人になるぞ。将来が楽しみだな。よろしく、エリーゼ姫」

アルヴィンが片手をあげて、気さくな調子で挨拶《あいさつ》した。

エリーゼは顔を真っ赤にして、うつむいてしまう。

『あー、アルヴィン君エリーをナンパしてるー！　ナンパナンパー！』

「今のは違う。将来に向けて、布石を打ってるだけだよ」

「もう出発していいのか？」

ミラがジュードに向かって尋ねてきた。

「あ、うん」

「では行くとしよう。村の人間も早くこちらを厄介払《やっかいばら》いしたくて仕方がないようだしな」

ジュードが背後を振り返ると、確かに大勢の人間が、自分たちに向かって敵意むき出しの視線を注いできていた。

ミラはすたすたと歩き出し、アルヴィン、ジュード、エリーゼがそれに続く。

エリーゼは村人に向かって手を振ったが、誰《だれ》ひとり振り返してくる者はいなかった。

ハ・ミルを出てイラート海停《かいてい》までは邪魔《じゃま》も入らず、順調にたどり着くことができた。

「エリーゼ、大丈夫？　いきなり歩き通しになっちゃったけど疲れてない？」

「だ、大丈夫……です」

『エリーは強いからこれくらい何ともないよー』

確かに、彼女の表情は特に辛《つら》そうな様子はなく、逆に出発当初よりも幾分《いくぶん》か和《やわ》らいできているようにジュードの目には映った。新鮮な空気に触れたことで、気分が一新できたのかもしれない。また、ここまでの道中ジュードやアルヴィンにずっと話しかけられていたこともあって、気持ちも少しずつほぐれてきているようだった。

ただし、ミラにはまったく声をかけられなかったためか、彼女に対しては相変わらずびくびくしていたが。

イラート海停《かいてい》に着いてすぐ、ジュードは近くにいた船員に声をかけ、イル・ファン行きの船がいつ出るかと尋ねた。

返ってきた答えは「当分ない」だった。何でもイル・ファンを中心としたラ・シュガルの首都圏全域に封鎖令《ふうされい》が出ているらしく、船の出入港もできなくなっていると言う。

どうやらミラの危惧《きぐ》していたことが現実になっていたようだった。

「これだとアルヴィンの提案通り、サマンガン海停を経由するしかなさそうだな」

「そうだね」

こうして次の行き先が決まった。

サマンガン海停へ向かう定期船を見つけ、一行はさっそく乗り込む。

ジュードは歩み板に乗るのを怖がるエリーゼの手を取り、船の上まで連れて行ってやった。

『助かったよジュード君。ぼくもエリーも船に乗るの慣れてなくてさー』

「これくらいお安い御用だよ……うん？」

ふとジュードの視界の片隅を、何か動くものがよぎった。何かと思ってみると、それは一羽の白い鳥だった。

「鳥さん……かわいい……です」

「そうだね。あんな鳥、今までこの辺で見たことがなかったけど……どこから来たんだろう」

その鳥は船首のほうへと飛んでいき、何とそこにいたアルヴィンの伸ばした腕に止まった。

アルヴィンは鳥の足に巻きつけられていた紙を取り、代わりに自分の持っていた別の紙を括《くく》りつける。

それが終わると、鳥はすぐにアルヴィンの腕から飛び去った。

アルヴィンは紙を広げてそこに視線を落とし――次いでジュードたちのほうに顔を向けた。じっと見られていることに気付いていたらしい。

「今の、手紙？」

ジュードが質問すると、アルヴィンはまあな、と答えた。

「珍《めずら》しいね。鳥でやり取りしてるんだ」

「遠い異国の愛する人に報告をしたのさ。素敵《すてき》な女性が目の前に現れたってな」

素敵な女性とはミラのことだろうか。まさかエリーゼではないと思いたいが。

「奥さんいたんだ、アルヴィン」

アルヴィンはジュードたちのほうへ歩み寄ってきて、肩をすくめた。

「優等生の発想だな、ジュード。俺が結婚してるように見える？」

「え、違うの？」

ジュードはエリーゼと顔を見合わせた。エリーゼはわかりませんとばかりに首を傾《かし》げる。

「さて、な」

ちょうどその時、船の出航が告げられ、船員たちがあわただしく走って来て歩み板を取り外すなどして忙しそうに立ち働き始めた。

ジュードたちは船員の邪魔《じやま》にならないよう甲板上《かんぱん》を移動し、アルヴィンの結婚話は曖昧《あいまい》なまま終わってしまった。

船が桟橋《さんばし》を離《はな》れ、海面を滑《すべ》るように動き出してからもなお、ジュードたちは誰《だれ》も船室に入らず、甲板の上に留《とど》まっていた。

「わあ……」

エリーゼは縁のところに手をつき、食い入るように海を眺めている。

「あんまり端《はし》っこにいると揺れた時に危ないから、気をつけてね」

ジュードが声をかけると、エリーゼが彼のほうを振り返った。興奮しているのか、顔をほのかに赤らめている。その表情は十二歳という年齢相応の、生き生きとしたものだった。

「海……初めてなの……だから嬉《うれ》しくて……」

「そっか。よかったね」

ジュードの言葉に、エリーゼはこくりと頷《うなず》き、また海に視線を戻した。

「……ああいう顔もできるんだな、あの子」

ジュードの隣《となり》にいたアルヴィンがぽつりと呟《つぶや》く。

「うん」

「一体あの村で、何をしてたんだろうな？」

「監禁されていたのだろう？」

そう口にしたのは、こちらもすぐ近くにいたミラだった。

「それなんだけど……監禁されていたんだとしたら、その割に監視も緩《ゆる》かったように思うんだ。もしかしたら、逆に匿《かくま》われていたってことはないかな？」

「何から？」

「さあ……そこまでは僕にもわからないけど」

特に確信があったわけではなく、直感でそう思っただけだったので、それ以上のことはジュードにも説明できなかった。

その時、不意に横合いから高い波が押し寄せてきて、縁を乗り越えて甲板の上までかかった。

「エリーゼ、大丈夫《だいじょうぶ》!?」

「あははは。ティポ見て」

エリーゼは楽しそうに笑っていた。ティポが波をまともにかぶったらしく、びしょ濡《ぬ》れになっている。

『海すごいねー。落ちたら死んじゃうとこだったよー』

「……そうだね」

ティポが雑巾《ぞうきん》を絞るように自力で自分の体をねじると、大量の水がしたたり落ちた。

それを見て、エリーゼがまたくすくすと笑う。

「……やっぱり連れてきてよかった」

ジュードはしみじみとそう思った。

「後は……誰《だれ》かいい人が引き取ってくれるといいんだけど。あるいは、もし家族がいるなら、そこへ帰してあげるのが一番なのかな」

「それは君が探すしかない。それが責任というものだろう？」

ミラがジュードを見据え、告げた。

「う、うん」

ジュードが頷《うなず》くと、彼女はそれ以上何も言わず、離《はな》れていった。

ジュードはふう、とため息をつく。

「責任か……わかってたことだけど、責任って重大だよね」

「頑張れよ、若人《わこうど》。それより……」

アルヴィンがミラの去ったほうを見てから、ジュードに向かって顔を寄せてきた。

「聞いたぜ。イル・ファンの研究所から何かを奪ったんだって？　それだけのことをすりゃ、そりゃ軍も動くってもんだな」

「え……」

ジュードの頭をよぎったのは、ミラがクルスニクの槍《やり》の操作盤《そうさばん》から何かを抜き取ったところだった。しかしあれに関して詳しい話は聞いていない。

「……ミラから聞いたの？」

アルヴィンはああ、と答えてジュードの肩に腕を回してきた。

「その辺の話を、もっと詳しく聞かせてくれないか？　俺たちの仲だろ？」

「ごめん、僕は何も……」

自分にしないような話をミラがアルヴィンにしていたとわかって、ジュードは少なからず動揺していた。

どうして自分には何も言ってくれなかったんだろう。自分はやはり——そんなにも頼《たよ》りないのか。

「知らないのか？　なーんだ。あいつはやっぱ、俺たちを信用してないのかね」

「そんなことないよ」

ジュードは落ち込みそうになる気持ちを懸命《けんめい》に鼓舞《こぶ》しながら答えた。

「待ってて。今ちょっと訊《き》いてくる」

アルヴィンの腕を肩から外し、ミラの後を追おうとする。

「ああ、いや。そこまでしなくてもいいから」

「でも……」

「俺がこんなこと聞き出そうとしてたってあいつが知ったら、怒《おこ》るかもしれないだろ？　もしかしたらえらく値打ちのあるお宝を持ってるんじゃないかって、下心で聞いただけだからさ。だからこんなこと話してたってのも、内緒《ないしょ》にしといてくれ。な？」

「うん……」

胸の内にもやもやしたものを宿しながら、ジュードは同意するしかなかった。

そのままふと縁のほうに目をやった彼は、エリーゼの姿がないことに気付いた。

「あれ？　どこ行っちゃったんだろう？」

Milla

船尾のほうへ移動したミラは、例のクルスニクの槍《やり》を動かす『カギ』を取り出した。それは降り注ぐ陽《ひ》の光を照り返して、彼女の手のひらの上できらきらと輝《かがや》いていた。

「こうしてこれが手の内にあるとは言え……いつまで時間が稼《かせ》げるものか……」

ミラを追ってハ・ミルまで追っ手を差し向けてきたラ・シュガルだったが、以降は遭遇《そうぐう》していない。ミラはそれを不穏《ふおん》な兆候ととらえていた。

　何となれば、もしこの『カギ』が唯一無二の物だったとしたら、もっとなりふり構わず追いかけてくるはずだと思うからだ。

　現状、こちらでつかめるラ・シュガルの動きはイル・ファンを中心とした首都圏の封鎖《ふうさ》のみ。それは明らかにクルスニクの槍に対する二度目の襲撃《しゅうげき》、もしくは他の動きに備えての措置《そち》であって、『カギ』を奪還《だっかん》しようとするものではない。

「考えたくはないが……これだけではないのかもしれんな」

『カギ』の複製が存在する、もしくはこれから作ろうとしている――そうした可能性についても、考えておいたほうがいいのかもしれない。

　囚《とら》われた四大《しだい》やマナ確保の問題もある。いずれにせよ、悠長《ゆうちょう》にしていられる状況でないのは間違いないだろう。

　ミラはため息をつき、『カギ』をしまい込むと――海に視線を向けたまま、背後に声をかけた。

「……私に何か用か？」

「あ……」

　振り返ると、そこにはティポを抱え、もじもじと身をよじりながら自分のことを見つめるエリーゼの姿があった。彼女が自分の後を追ってきていることに、ミラはとうに気付いていた。

エリーゼはミラのすぐそばまで歩いてきた。

「……ミラ……」

『何か見えるのー？』

「いや、少し考え事をしていただけだ。それより……」

ミラがエリーゼの目を見つめると、エリーゼは怯《おび》えたようにびく、と身体《からだ》を震《ふる》わせた。この少女が自分のことを怖がっているというのはハ・ミルにいた時からわかっていたが、それならどうしてわざわざ自分から近づいて来るのだろう？　そんなことを思いながら、言葉を継ぐ。

「エリーゼ。お前はこれからどうするつもりなんだ？」

「え……わたし……わかりません」

エリーゼは首を傾《かし》げた。全《すべ》てをジュードに任せ、自分では何の指針も持たないということか。それなら。

「ふむ……それだったら、何かわかることはないのか？」

『ジュード君やミラ君、アルヴィン君は、友達ー！』

「そういうことを言っているのではない」

ミラは眉《まゆ》をひそめた。尋ねたかったのは、彼女がハ・ミルに連れて来られる前はどこにいたのかとか、家族はいるのかと言った具体的な情報だ。誰《だれ》が友達で誰がそうでないとか、そんなことはどうでもいい。

「そもそも、このティポは何だ？　なぜぬいぐるみが喋《しゃべ》ってる？」

『ティポはティポだよ。そんでエリーの友達ー！』

エリーゼがこくこくと頷《うなず》く。

ミラは額に手を当て、考え込んだ。

「お前と話すのはなかなか難しいな。なぜか論点がずれる……」

ジュードやアルヴィンは特にこの少女を苦手としていないようだが、一体何が違うのだろう。

その時、船の汽笛が鳴った。低い音が船体を震わせ、足下から伝わってくる。

船の進行方向に目を向けると、陸地が見えてきていた。

「ミラ、エリーゼ」

そこへジュードとアルヴィンがやって来た。

「そろそろ到着のようだな」

「うん」

「こっちの警戒がどれくらい厳しいかだな。それほどでないことを祈りたいが」

ティポがエリーゼのそばを離《はな》れ、まるでまとわりつくようにミラの周囲をぐるぐるとまわり始めた。

『ミラ君は友達、友達ーっ♪』

「…………」

鬱陶《うっとう》しさを感じ、思わず顔をしかめる。

「ははは……仲……よくなったみたいだね……」

それを見たジュードが、少し困ったような笑みを浮かべた。

2

Milla

一行がたどり着いたサマンガン海停《かいてい》は、イル・ファン海停には及ばないものの規模はかなり大きく、港湾《こうわん》施設も充実していた。

「ここを押さえているのは六家《りくけ》と呼ばれるラ・シュガルでも屈指の大貴族のひとつ、シャール家だ。イル・ファン海停に追いつけ追い越せの気持ちで、かなり力を入れて整備しているんだろう」

「なるほどな」

ミラは周囲を警戒しながら船を下りたが、少なくとも桟橋《さんばし》周辺は、それほどラ・シュガル軍の警戒は厳しくなさそうだった。

「この調子でイル・ファンまでずっと行ければいいんだが……まあ、先がどうなっているかは行ってみないとわからんな」

「ああ」

ジュードがミラたちから離《はな》れ、地図の描かれた看板のほうへ歩いていく。エリーゼもその後をついていった。

「カラハ・シャールへ行くにはサマンガン街道を通っていけばいいのか……エリーゼ、これからまた歩くことになるけど、平気？」

「……あ、はい……」

「ごめん。もう少し辛抱《しんぼう》してね。大きな街まで行ったら、きっと君を引き取ってくれるいい人もいると思うからさ」

エリーゼがきょとんとした表情を浮かべ、ジュードの顔を見上げた。

「……え、でも……わたし……」

『ジュード君、それなんのことー？』

「えーと、その……」

ジュードはどう説明したものかと、困ったように頭をかいた。

その様子をミラとアルヴィンは、少し離れたところから見ていた。

「いきなり引き取ってくれる人がどうとか、お嬢《じょう》ちゃんに言ってもね……本人がずっとジュード君と一緒《いっしょ》だと思ってたとしたら、そりゃ驚《おどろ》くよな」

「人としての気遣いが足りない、ということだな」

「精霊《せいれい》のおたくに言われちゃおしまいだ。……要するに、ただガキなんだよ」

アルヴィンの声はジュードの耳には入らないほどの小さなものだったが、その口調はいつもの彼とは違う、吐《は》き捨てるようなものだった。

「アルヴィン？」

「おっと」

ミラと目が合うと、アルヴィンはわざとらしく苦笑し、肩をすくめた。

Jude

海亭《かいてい》を出たジュードたち一行は、次の目的地カラハ・シャールに向かって、最短経路のサマンガン街道を進むことにした。

だが出発してすぐに、街道がラ・シュガル兵によって検問されていることがわかり、それ以上進めなくなってしまった。

「ま、当然と言えば当然だな。連中の目も節穴じゃないってことだ」

「どうすればいいんだろう……」

ジュードの口から、途方に暮れた呟《つぶや》きが漏《も》れる。

「他に行き方はないのか？」

ミラがアルヴィンに向かって尋ねた。

「そうだな……サマンガン樹界って呼ばれる密林が近くにある。そこをうまく抜ければ、街道を通らずカラハ・シャールのすぐそばまで行けるって話だが」

「そうか。ではそちらにまわろう」

「いや、それがな……そっちは確かにラ・シュガル兵の目もないだろうが、それは滅多《めった》に人も立ち入らない、厳しい道のりだからなんだよ」

アルヴィンはちらとエリーゼを一瞥《いちべつ》し、歯切れ悪そうに告げた。

「それがどうした？　他に行き方がないのなら迷う必要はあるまい」

ミラにためらう様子は微塵《みじん》もない。

「待ってよ。そんなところをエリーゼに歩かせるのは……」

ジュードはたまらず、異議を唱えた。

「こうなることは予期できたはずだろう？」

ミラはエリーゼに対してまったく考慮《こうりよ》するつもりはないようだった。

「わかってる。けど……」

少しくらい気を遣ってもいいじゃないか、というのは人間相手にしか通じない道理なのだろうか。精霊《せいれい》マクスウェルであるミラに、それを期待するのは無駄《むだ》なのか？

ジュードは何も言えなくなってしまった。ただそれでも、視線だけはそらすことなく、真正面から受け止め続ける。

何となく睨《にら》み合う恰好《かっこう》になってしまったふたりの間に割って入ったのは、エリーゼだった。

「……わたし……あの、だいじょうぶ……です。だから……」

『ケンカしないでー。ふたりは友達でしょー』

ジュードはエリーゼのほうを見た。翡翠《ひすい》のような澄《す》んだ緑色をしたふたつの瞳《ひとみ》に覚悟を宿し、彼女はひたむきな視線をジュードに向けている。

「エリーゼ……」

「本人も了解した。文句はあるまい」

それだけ言うと、ミラはジュードたちに背を向け、街道をそれて樹界のほうへと歩き出した。

ジュードは肩を落とし、はあとため息をついた。

「ごめんね。僕がずっとそばについてるから、辛《つら》かったりしたら無理をせずすぐに言って」

「は、はい……」

エリーゼは緊張《きんちょう》で顔を強張《こわば》らせながら頷《うなず》いた。


サマンガン樹界のあるラ・シュガル南部地域は炎の大精霊・イフリート、及び水の大精霊・

ウンディーネの霊勢《れいせい》が強い地域とされている。年間を通して温暖で、降雨量も多いことから、木々の生育にはうってつけらしい。

ジュードたちの目の前に広がっている樹界は、鬱蒼《うっそう》と茂った木々が頭上を覆《おお》い、昼でも夜のように薄暗《うすぐら》くなった、まさに緑の大海とも言うべき場所だった。

近づいただけでねっとりとした湿気に全身が包まれ、地面に堆積《たいせき》した落ち葉や枯れ枝が発酵《はっこう》して生じる、どこか甘ったるいにおいが鼻をつく。

「深そうな森だな」

樹界の中に足を踏《ふ》み入れたミラが告げた瞬間《しゅんかん》、上の木の枝に止まっていた鳥がけたたましい鳴き声を上げながら飛び立った。

「……っ！」

エリーゼが怯《おび》えたように身をすくませる。

「大丈夫《だいじょうぶ》だよ、ただの鳥だから」

ジュードはエリーゼに向かって優しく語りかけた。

『わかってるよー。今のはちょっとびっくりしただけー』

樹界の中に人の足で踏みしめられた道らしい道は存在しておらず、そこを踏破《とうは》するのは相当な困難が予想された。

しかし、他に選択肢《せんたくし》はない。

一行はなるべく下生えが薄《うす》くなって歩きやすくなっているところを選び、進んでいった。

「アルヴィン、この樹界には危険な魔物《まもの》は棲《す》んでいたりしないの？」

「うーん……俺も今まで人から話を聞いてただけで、実際に来たのは初めてだからなあ」

「魔物ならあそこにいる。見ろ」

先頭を歩いていたミラが、前方を指さした。

巨大な木の根が行く手を塞《ふさ》いでおり、その根の上に人間を超える大きさの狼《おおかみ》のような魔物がいてこちらをじっと見下ろしている。

「あれは……どう見てもただの狼じゃないな」

「エリーゼ、下がってて」

皆の間に緊張《きんちょう》が走った。ジュード、ミラ、アルヴィンの三人がいつでも戦闘《せんとう》に移れるよう身構え、エリーゼがティポを抱えて後ずさる。

魔物は自分から攻撃《こうげき》してくる様子はなく、じっとこちらの様子を観察しているようだった。その眼差《まなざ》しはまるで人のようで、高い知性の持ち主であることを窺《うかが》わせる。

ミラからジュードへ。ジュードからアルヴィンへ。魔物の視線がひとりひとりの上に順番に注がれる。

最後にエリーゼの番になったところで、その双眸《そうぼう》がまるで驚《おどろ》いたかのように、わずかに大きく見開かれた。

「……！」

　エリーゼが魔物に見られていると気付き、身じろぎする。

「エリーゼに目をつけた？」

「ヤロウ、魔物の分際《ぶんざい》で」

　アルヴィンが武器を向けると、魔物は木の根の向こう側へひらりと身をかわし、そのまま姿を消した。

「行ったか……」

「まるで警告してるみたいだったね……これ以上立ち入るなって」

「その警告も、ミラには効果がないみたいだがな」

　アルヴィンが指し示したほうにジュードが目を向けると、地面に四つん這《ば》いになって木の根の下を覗《のぞ》き込んでいるミラの姿が視界に映った。

　そこにエリーゼも近づいていく。

『ここから向こうに通り抜けられるみたい。ふたりとも早く早くー！』

　ミラと、それに続いてエリーゼが、木の根の下を潜《くぐ》って進み始めた。

「ふたりとも、全然気にしてないね」

「どうやら臆病《おくびょう》なのは俺たち男性陣だけのようで」

　ジュードはアルヴィンと顔を見合わせ、互いに苦笑した。

木の根の下を通り抜け、一行はさらに樹界の奥へと進んでいく。

植生が変わったのか、やがて周囲の木々の様子も変わってきて、そこかしこにツタが垂れ下がっている光景がよく目に入るようになった。

「……そういや、ここの樹界に生息してる魔物《まもの》に関して、前に聞いてた話をひとつ思い出したんだが」

アルヴィンが周囲を見渡しながら、唐突《とうとつ》に口を開いた。

「どんな話？」

「いやね。こうやってまわりに木がいっぱい生えてるだろ？　その中に時々、動物みたいに動き回っては人や獣《けもの》を獲《と》って食う奴《やつ》が混ざってるって言うんだけどな」

「ほ、本当に？」

ジュードは息を呑《の》んだ。ますますあたりが薄暗《うすぐら》く、おどろおどろしくなってきていたせいもあってか、背中にぞくりと寒気が走る。

『怖い話しないでよー！　アルヴィン君の意地悪ー！』

「ははは、悪かった。まあ、ただのほら話かもしれないしな」

「また行き止まりだ。ツタを登って乗り越えるしかなさそうだな」

雑談に加わらず、黙々《もくもく》と進んでいたミラが立ち止まって口を開いた。

前方に目をやると、確かに大きな岩が鎮座《ちんざ》していて、そのままでは通れなくなっている。左右にそれようにも崖《がけ》だったり木々が壁のように密生していたりと、とても迂回《うかい》できそうにない。

「うーん、そうするしかないか……」

「あ、あの……」

エリーゼがくいくいとジュードの服の袖《そで》を引っ張った。

「どうしたの？」

「あそこ……」

消え入りそうな声で、彼女は後方を指さした。

『おっかしいなー。あんなところにあんな木生えてたっけ？』

見ると、確かにジュードたちの真後ろの位置に、大量のツタを枝から垂らした見事な枝振りの木があった。

「いや……ない」

ジュードはかぶりを振った。

「僕たちは今しがたそこを通ったばかりだけど……あ、あんな木はあ、あそこにな、なかった、た！」

異変を感じ、彼が警戒心を露《あら》わにして叫んだ瞬間《しゅんかん》。

風もないのにその木の枝がざわりと揺れたように見えるや、そのうちの何本かがまるで鞭《むち》のようにしなり、ジュードたちのほうへとものすごい速さで伸びてきた。

「危ないっ！」

「きゃっ!?」

ジュードは咄嗟《とっさ》にエリーゼを抱きかかえ、かばった。

そんな彼の背中に枝の一撃《いちげき》が容赦《ようしゃ》なく直撃し、鋭い音と共に服の布地を易々《やすやす》と切り裂《さ》き皮膚《ひふ》まで達する裂傷《れっしょう》を生じさせる。

「う……」

ジュードの口から苦悶《くもん》の呻《うめ》きが漏《も》れた。

「ジュード!」

「エリーゼ、岩の陰に隠れていろ!」

アルヴィンとミラが、すかさず武器を構えジュードの前に立つ。

「本当に木の魔物《まもの》が出るかよ。笑えない冗談だ」

アルヴィンが忌々《いまいま》しそうに吐《は》き捨てた。

魔物は全《すべ》ての枝をわさわさとうねらせ、次の一撃を繰《く》り出そうと間合いを測っているように見受けられる。

「エリーゼ、大丈夫《だいじょうぶ》だった?」

「は、はい……でもジュードさんが……」

「僕のことはいいから。とにかく……うん?」

地面に片膝《かたひざ》をついていたジュードは、ミラとアルヴィンの足下が何やら蠢《うごめ》いているのに気付いた。

「ミラ！　アルヴィン！　下！」

ジュードが叫んだのと同時に皆の真下の地面が盛り上がり、先端《せんたん》が槍《やり》のように尖《とが》った根が勢いよく飛び出してくる。

「何っ⁉」

「うわあっ！」

予想していなかった方向からの攻撃に、ふたりともまったく対応できなかった。ミラもアルヴィンも、根の攻撃をまともに食らい、吹き飛ばされる。

「ミラ⁉　アルヴィン⁉」

「くっ……こいつ……」

「上からだけじゃなく、下からもかよ……くそ、足をやられた……」

アルヴィンが地面に横倒しになったまま、足を抱える。手の隙間《すきま》から鮮血があふれ、地面に滴《した》り落ちるのがジュードの目に入った。ミラのほうは身体《からだ》はすぐに起こしたものの、こちらもどこかを痛めたのか、屈《かが》み込んだままになっている。

木の本体が、こちらが動けなくなったのを見計らい、巨体を揺らして近づいて来た。

「まずいぞ……このままじゃ全員あいつの養分にされる……」

「エリーゼ、早く離《はな》れて」

ジュードはエリーゼを岩のほうへ押しやった。が、彼女は数歩歩いただけで糸の切れた人形のように地面にしゃがみ込んでしまう。

「うっ、ううっ……」

押し殺したような嗚咽《おえつ》が、その口から漏《も》れ始めた。

「泣いている場合か！　お前を庇《かば》いながらでは戦えない、邪魔《じゃま》だ！」

ようやく立ち上がったミラが、苛立《いらだ》ちも露《あら》わに叫ぶ。

この間にも木の魔物《まもの》はじりじりと、こちらに向かって距離《きょり》を詰めてきていた。

「ううう……ひっく……」

エリーゼの嗚咽がさらに激しくなったその時——ジュードたちの身体《からだ》に突如《とつじょ》、異変が生じた。

「……!?　何、この光……」

ジュードは自分の身体が白く柔らかな光に包まれていることに気付いた。ミラとアルヴィンのほうを見ると、ふたりにも同じ現象が起きている。

「癒《いや》しの光……？　しかも三人同時にだと？」

「誰《だれ》がやってるんだ？　まさか……」

アルヴィンがはっとなってエリーゼのほうを振り向いた。

彼女の全身からはひときわ強い光が発しており、地面に魔法陣《まほうじん》のようなものが形成されているのがほの見えた。

『元気出して！　ぼくたちがついてるよ！』

相変わらずべそをかいたままのエリーゼに代わり、ティポが元気よく答える。

「ありがとう、エリーゼ」

ジュードは立ち上がった。傷は完全に回復し、身体《からだ》は元通りになっている。

ミラとアルヴィンもすかさず体勢を立て直し、迫り来る魔物《まもの》に向かって身構えた。

「次はこっちの番だ、行くぞ！」

「わかった！」

「任せとけ！」

三人は魔物の本体と思われる幹の部分に向かって突撃《とつげき》した。

魔物が再び枝による攻撃を仕掛けてくる。目にも留まらんばかりの鋭い動きだったが、来るとわかっていればよけるのはそう難しいことではなかった。根のほうも同様で、地面にわずかでも兆《きざ》しが現れたとみるや、ジュード、ミラ、アルヴィンともその場を素早く離《はな》れ、二度と直撃を食うことはない。

相手の攻撃をかいくぐり、各々《おのおの》の射程にとらえたところで、三人は一斉に反撃を開始する。

「飛燕連脚《ひえんれんきゃく》！」

ジュードは空を舞い、幹に向かって高速の蹴《け》りを叩《たた》き込んでいった。爪先《つまさき》がみし、と軋《きし》んだ音を立てながら表皮を深々と抉《えぐ》り、衝撃《しょうげき》を的確に内へと送り込む。

「ルナティックスティング！」

ミラの詠唱《えいしよう》と共に魔物を包むように地面に魔法陣《まほうじん》が出現し、そこから光の槍《やり》が何本も突き出した。光の槍は幹と、地面の下に伸びた根を次々に切り裂《さ》いていく。

「エアリアルバレット！」

アルヴィンが鋭い踏《ふ》み込みと共に下段から幹を斬《き》り上げ、さらに弾による追撃を上方の枝に見舞った。鋼鉄の礫《つぶて》を浴びせられ、魔物が緑の葉を散らす。

相手のほうも負けじと攻撃を放ってきたが、仮に負傷してもすかさずエリーゼが治療《ちゆ》を施《ほどこ》してくれたため、三人の勢いが止まることはなかった。

相手の体力が相当なものだったこともあり、時間はかかったが、熾烈《しれつ》な戦いの末にジュードたちは魔物を完全に沈黙《ちんもく》させることに成功した。

「やったね……」

相手が動かなくなったのを確認し、ジュードは安堵《あんど》の息をついた。

「エリーゼに救われたな」

ミラが剣をしまいながら、しみじみとした口調で呟《つぶや》く。

「高位精霊術《せいれいじゆつ》を使いこなすとは恐れ入った。その歳《とし》であんな大技が使えるなんて、凄《すご》いなエリーゼ姫」

「うっ、うっう……」

エリーゼは相変わらず、べそをかいたままだった。

ジュードは彼女のそばに歩み寄っていく。

「エリーゼ。もう怖くないよ。魔物《まもの》はやっつけたから」

「ちがうの……」

エリーゼはいやいやをするようにかぶりを振った。

『仲良くしてよー。友達は仲良くなくちゃやだよー！』

「え？　な、何のこと？」

「ああ、そういうことか」

アルヴィンが何かに納得したように手をぽん、と叩《たた》いた。

「彼女、自分がミラに嫌《きら》われてると思って気にしてるんだよ」

「わたし……邪魔《じゃま》にならないようにするから……だから……」

エリーゼが涙の浮かんだ目をこすりながら、たどたどしく口にする。

「……だってさ。さっきの活躍《かつやく》に免じて、許してやれば？」

「免じるも何も、別に私は嫌ったりなど……」

「わたし……がんばるから……」

エリーゼは意を決したような視線をミラに向けた。

「ミラ……」

ジュードも、ミラのことをじっと見つめる。

ふたりのひたむきな視線を受け、ミラは困ったように眉《まゆ》をひそめたが、やがて観念したように苦笑を浮かべ、表情を和《やわ》らげた。

「いつの間にか私が悪者か……ふふ、わかったよ。ありがとう、エリーゼ。これからはあてにするぞ」

その言葉を聞いて、エリーゼの顔がたちまち輝《かがや》いた。

「……は、はい！」

『わーい、ミラ君ありがとー！　やっぱり友達はニコニコ楽しくだねー！』

ティポがミラにじゃれつくように、彼女の周囲をぐるぐると回った。

「わ、わたし……みんなと一緒《いっしょ》にいられるの、嬉《うれ》しい……です。もう寂しいのは嫌《いや》だから……」

「……そうか」

ふたりの様子を見つめていたジュードのそばに、アルヴィンが歩み寄ってきた。

「初めはどうなることかと思ったが、歩み寄れてよかったな」

「うん。エリーゼのお蔭《かげ》だよ」

「あんな術者と一緒なんてね……運いいわ、俺」

「運？」

ジュードが聞き返すと、アルヴィンは苦笑を浮かべた。

「いや、何でもない」

『それじゃ、改めてレッツゴー！』

ティポが張り切った声で告げ、それを合図に一行は再び歩き始めた。

そして――

彼らが立ち去り、あたりに静けさが戻った頃《ころ》。

物陰からひとりの男と、一頭の魔物《まもの》がのっそりと姿を現した。

男の正体はあの巨漢ジャオ。

そして魔物のほうは、樹界の入り口でジュードたちの前に姿を現したあの狼《おおかみ》だった。

「よく知らせてくれたわ。お蔭《かげ》であいつらの戦いぶりをつぶさに見ることができた」

ジャオは魔物に向かってねぎらいの言葉をかけた。

「何で黙《だま》って見ていたのか、だと？　わしだって本当はあいつらから、娘っ子を取り返すつもりだったわい。しかし、今のわしは別の任務を命じられておる。それに……娘っ子のあんな嬉《うれ》しそうな顔を見てしまうとのう」

ジャオはジュードたちが去った方向に目を向けた。

「寂しいのは嫌《いや》、か……お前にとっては、奴《やつ》らといるほうが、幸せなのかもしれんのう……」

ジャオの呟《つぶや》きに答える者は、誰《だれ》もいなかった。

3

Jude

サマンガン樹界を抜けたジュードたち一行は、自由都市カラハ・シャールへと到着した。

カラハ・シャールはサマンガン街道やタラス街道といった複数の幹線道路が結ばれる地に築かれた、交通の要衝《ようしょう》だった。街中には石造りの大きな建物が整然と並んでおり、往来もよく整備されている。人の行き来も多い。この地を治めているのは六家《りくけ》――ラ・シュガルを代表する六つの大貴族のひとつシャール家だが、そのシャール家の統治の下、この街も長年にわたって発展を重ね、今ではラ・シュガルでも指折りの繁栄《はんえい》を誇るという。

そういった話を以前から聞いて知っていたジュードだったが、実際目にしてみると、なるほど納得の賑《にぎ》わいぶりだった。濃密な人いきれに思わずめまいがしてきそうなほどだ。

「エリーゼ、この街はどう？」

「すごいです……人がたくさん……」

エリーゼはこれほどの規模の都市へ来たのは初めてなのか、驚《おどろ》きに目を白黒させている。

『ジュード君、あの大きいの、なーにー？』

ティポがジュードの顔の前まで飛んできて、身体《からだ》全体で一方向を指し示した。

「ああ、あれ？　僕もずっと気になってたんだけど」

彼の視線の先には、白い羽根のようなものがいくつも重なり合った、巨大な筒状の建造物があった。ひとつだけでなく、同じものが他にもいくつか見える。羽根で風を受けて動いているのか、ゆっくりと筒が回転しているようだった。

「あの様子だと、風車かな？」

「当たり。灌漑《かんがい》用の大風車だよ。カラハ・シャールの名物だな」

アルヴィンがジュードの問いに答えてくれた。

『なるほどー』

「お前たち、油断するなよ。どうやらこの街にも、監視の目が及んでいるようだ」

ミラが鋭い声で警告を発した。

ジュードは大風車から往来へと視線を移した。そこかしこに、ラ・シュガル兵が歩哨《ほしょう》に立っていて、油断なさそうにあたりに目を配っている。

「兵士の数が多いね」

「やれやれ。この様子だと、街でゆっくり一休みってわけにはいかなさそうだな」

「やるべきことを済ませたら、早々に出発しよう」

一行は兵士の動向に注意を払いながら、街中を進んでいった。

その途中、往来を反対側からやって来る兵士の一団に遭遇《そうぐう》した。一団は周囲の人々に次々に声をかけては、尋問のようなことを行っているようだった。兵士のうちの何人かは、手に紙を持っている。

「もしかしてあれ……手配書かな」

「かもな。ここは俺に任せとけ」

アルヴィンはジュードとミラの肩をぽんと叩《たた》くと、ちょうどすぐ横にあった店のほうに顔を向けた。

「……おっ、この店、なかなかいい品がそろってるな」

どうやらそこは、古道具を商う店のようだった。

「いらっしゃい！　どうぞ中を見て行ってください。いい物を取りそろえておりますので」

店主とおぼしき中年の男性が、愛想《あいそ》よく声をかけてくる。

「そうだな。せっかくだからそうしようか。みんな、来いよ」

「ここは骨董店《こっとうてん》というやつか……ふむ」

ミラが腰をかがめ、店頭に並べられていた陶器を観察し始めた。その様子は本当に骨董品に関心を抱いているかのようだった。咄嗟《とっさ》の演技なら大したものだが、もしかしたら素の反応かもしれない。

「そうだね。入ろうか」

ちょっと声音《こわね》がわざとらしかったかな、と思いつつ、ジュードはアルヴィンの言葉に同意し、皆で店の中へと足を踏《ふ》み入れた。

店内には店主の他、一組の客がいた。若い女性に老人だ。女性が茶器のひとつを手に取り、熱心に眺めている。

「なんだか、街のあちこちが物騒《ぶっそう》だな？　兵士の数がやたらと多いが」

アルヴィンが世間話の体《てい》を装《よそお》い、店主に話しかけた。

「ええ。何でも首都の軍研究所に、密偵《スパイ》が入り込んだらしくてね。王の親衛隊が直々《じきじき》に出張って来て、あちこち調べてまわってるんですよ」

「へえ。迷惑な話だな」

ジュードの背筋がひやりと冷たくなったが、アルヴィンの口調は平静そのもので、まるで気にしている様子を感じさせなかった。

「まったくで。あと、ここだけの話なんですが……どうも今、領主様のところにお忍びで首都から偉い方がいらっしゃってるみたいなんですよ。それでますます警備が厳しくなってるとか」

「偉い方ねえ……誰《だれ》だろうな」

「……キレイなカップ」

横合いからエリーゼの声が聞こえてきて、ジュードはそちらに目を向けた。

彼女は先客の若い女性のそばに近寄り、彼女の手の中にあった茶器に視線を注いでいた。

「まあ、あなたもこれが気に入ったの？」

女性がエリーゼのほうを振り返り、微笑《ほほえ》んだ。おっとりとした喋《しゃべ》り方の、いかにも育ちのよさそうな女性だった。着ている服の上品さからもそれが窺《うかが》える。年齢はジュードと同じか、一、二歳年上といったところだろうか。栗色《くりいろ》の長い髪を頭の後ろで束ね、苺《いちご》を思わせる髪飾りで留めていた。

『でも、こーゆーのって高いんだよねー』

「あら。かわいいお友達も一緒《いっしょ》なのね」

ティポを見ても、女性は特に驚《おどろ》いた様子を見せなかった。

「お客様、お目がお高い！　その器は『イフリート紋』が浮かぶ逸品《いっぴん》でございますよ」

「『イフリート紋』！　イフリートさんが焼いた品なのね」

「イフリート……？」

店内の品々を興味深そうに見ていたミラが、イフリートと聞いて反応した。女性のそばにすたすたと歩いていき、横合いから手を伸ばして茶器をつまみ上げる。

「あ……」

女性は突然のことに反応できず、目を丸くしてミラを見つめるばかりだった。

ミラのほうはそんな女性のことなどお構いなしに、茶器を目の高さに掲げて熱心に観察する。

やがて、

「ふむ。それはなかろう」

興味なさそうに告げ、女性の手に茶器を戻した。

「彼は秩序《ちつじょ》を重んじる生真面目《きまじめ》な奴《やつ》だ。こんな奔放《ほんぽう》な紋様は好まない」

「は、はあ……」

「あ、あの、すみませんいきなり」

ジュードが場をとりなそうと、女性に声をかけたその時。

女性の横に立ち、じっと様子を見守っていた老人が、くつくつと笑い始めた。

「ほっほっほ、面白いですね。四大精霊《よんだいせいれい》をまるで知人のように」

真っ白になった頭髪を頭の後ろに流して束ねた、鼻の下の髭《ひげ》が特徴的な老人だった。こちらも仕立てのよさそうな、黒い服を着ている。その着こなしが隙《すき》なくぴっしりと決まっているせいか、一見謹厳《きんげん》な印象を受けるが、口調は穏《おだ》やかだった。

「知人というか、私の世話係のようなものだからな」

「ミラ、そういう話はちょっと……」

ジュードは小声でミラをたしなめた。わざわざ自分から、人に怪しまれるような発言をすることもあるまい。

幸いにして老人のほうはミラの言葉にさして関心を払う様子はなかった。腰をかがめて女性の手に乗った茶器をしげしげと眺めている。

「確かに、本物のイフリート紋はもっと幾何学的《きかがくてき》な法則性を持つものです。どれ、箱書きは……」

老人は茶器の収められていたとおぼしき箱のほうに視線を移し、そちらに手を伸ばした。蓋《ふた》をめくって裏側を確認する。

「トラメス暦二二七五年作……おや。どうやらこのカップが作られたのは十八年前のようですね？」

「それが……何か？」

店主がきょとんとした声で尋ねた。

「おかしいですね。イフリートの召喚《しょうかん》は二十年前から不可能になっていませんか？」

「ああそうか、《大消失《グランロスト》》があったのがその時だもんね」

ジュードは得心した。大消失とは今から二十年前、それまで可能だった四大精霊の召喚が突如《とつじょ》不可能になったことから、世界中に大混乱を生じさせたと言われる事件のことだ。ジュードはその頃《ころ》まだ生まれていなかったので両親などから聞いた話しか知らないが、精霊術《せいれいじゅつ》の法則性が再構築され、混乱が収拾するまで十年近くの時間を要したとも言われている。

「あれ？　そういえばミラが人間の姿になったのって？」

アルヴィンがふと思い出したように尋ねた。

「二十年前だが」

「ま、まさか……大消失《グランロスト》の原因って……」

こんなところでするべき話ではないとわかっていたが、ある可能性に思い当たって確かめずにいられなくなり、ジュードは恐る恐る口を開いた。

「私だ。ここ二十年というもの、あいつらは私の専属だったからな」

ミラはまったく悪びれた様子を見せず、平然と答えた。

「そ、そう……」

「話の規模が大きすぎて、何て言っていいやら……」

ジュードだけでなくアルヴィンも、さすがにこれには閉口したようだった。

「じゃあこのカップは、イフリートさんが作ったんじゃないのね？」

女性が店主に向かって尋ねた。

「え、ええ……そうなりますでしょうか……」

店主は顔に脂汗を浮かせながら答える。

女性は茶器を見ながら思案していたが、やがてにっこりと微笑《ほほえ》んだ。

「でも、いただくわ。このカップが素敵《すてき》なことに変わりはないもの」

「あ、ありがとうございます。……お、お値段のほうは勉強させていただきますので……」

「あら、ありがとう。ふふ」

女性はジュードたちのほうを振り返った。

「あなたたちのお蔭《かげ》で、いい買い物ができちゃった。ありがとう」

「気にするな。イフリートの名誉は私の名誉にもかかわることだからな」

ミラが鷹揚《おうよう》とした口調で答えた。

「私、ドロッセルって言うの。よろしくね」

「執事《しつじ》のローエンと申します。どうぞお見知りおきを」

老人が背筋を伸ばし、腰を深々と折ってジュードたちに挨拶《あいさつ》した。

「執事さんが買い物についてくるなんて、きっとすごくいいところのお嬢《じょう》さんなんだね」

ジュードはアルヴィンにこっそり耳打ちした。

「そうだな。もしかしたら、いいところなんてもんじゃないかもしれないぞ」

「え……？」

「皆さんは旅の方ね。よかったら買い物のお礼に、お茶にご招待させて頂けないかしら？」

ドロッセルはジュードたちのことを、どういうわけかよそから来た人間だと見抜いたようだった。

「お、いいね。じゃあ後でお邪魔《じゃま》するとしますか」

アルヴィンが陽気な口調で誘《さそ》いを受諾《じゅだく》する。

「よかった。私の家は、街の南西地区です。お待ちしておりますわ」

「それではごきげんよう」

ドロッセルとローエンは買い求めた茶器を受け取り、店を出て行った。

「道草を食っている余裕などないはずだが？」

ふたりの姿が見えなくなるなり、ミラがアルヴィンを咎《とが》めた。

「ま、そう言うなって。この街にいる間は、利用させてもらうほうが色々好都合だろ」

「あの人たちと話すことで、色々と有益な情報が手に入るかもしれないしね」

ジュードもアルヴィンの言葉に同意する。

それを聞いたミラは、ふむ、と呟《つぶや》いた。

「それもそうか。では街の様子を見つつ、お茶に臨むとするか」

「臨むって……そんなに身構えなくてもいいと思うけど……」

ジュードは思わず苦笑を漏《も》らした。

Milla

ドロッセルに聞かされていた街の南西地区に行ってみると、そこは立派な邸宅《ていたく》が建ち並んでいる高級住宅街だった。

通りがかりの人にドロッセルさんの家はどこですか、と尋ねると、そんなことも知らないのかとばかりに怪訝《けげん》な顔をされ、一軒の屋敷《やしき》を示される。

それは周囲の邸宅をさらに圧倒するほど立派な、城に匹敵するといってもほ過言ではないほどの大邸宅だった。

高さは二階建てのようだったが、一、二階とも床から天井《てんじょう》までたっぷりある上、四隅に塔のようになっている場所があるため低いという印象はまったくない。そしてとにかく幅が広かった。近くからだと、端《はし》から端まで見渡すのに首を左右に大きく動かさなければならないほどだ。真っ白な石で築かれた外壁や細かな細工に縁どられた硝子窓《ガラスまど》はいかにも金がかかっていそうな豪奢《ごうしゃ》なもので、ドロッセルの家がカラハ・シャールでも屈指の素封家《そほうか》なのだろうということが容易に察せられた。

「すごい……屋上に森があります……」

「こんなすごいところだったなんて……お金持ちなんだろうとは思ってたけど……」

エリーゼとジュードが口をあんぐりと開け、驚《おどろ》いた声を上げる。

「なるほど。確かに立派な作りの建物ではあるな。しかし……」

ミラは屋敷の前に警戒の目を向けた。立派な構えの門の前に、これまた贅《ぜい》を凝《こ》らしていることが一目でわかる馬車が横付けされており、大勢の警備兵が控えている。建物よりもむしろそちらのほうが彼女にとってはより気になった。

兵士たちはいずれも全身から物々しい緊張感《きんちょうかん》を発しながら、屋敷のそばまでやって来たミラたちに向かって露骨《ろこつ》な警戒の目を向けていた。

「はめられたとは思えないが、今の俺たちがあそこに突っ込んでいくのは危険すぎるかもな」

アルヴィンが小声で口にする。

「私もそう思う。これ以上近づかないほうがいいのではないか?」

「そうだね……」

その時、屋敷《やしき》の中からドロッセルとローエンが出てきた。こちらがやって来たことには既《すで》に気付いているらしく、まっすぐに歩み寄ってくる。

「お待ちしておりましたわ」

「よくお越しくださいました」

ローエンが頭を下げた。

「せっかくのお招きだったからな。だがひょっとして、取り込み中だったんじゃないか? 都合が悪ければ出直すが」

「いいえ、そんなことはありませんわ」

ドロッセルはアルヴィンの言葉を否定した。

「お兄様の元にお客様がお見えになっているんですけど、そろそろお帰りになるみたいですから大丈夫《だいじょうぶ》です」

その言葉を裏付けるように、やがて屋敷の中から数人の兵と、それに続いてふたりの人物が姿を現した。ひとりは恰幅《かっぷく》のいい、見るからに偉《い》丈夫《じょうふ》といった体の壮年の男性で、もうひとりはその副官のような、細身の中年男性だった。

壮年の男性の顔を見た瞬間《しゅんかん》、ミラははっとなった。

「あいつは……」

全身から発せられるただならぬ覇気《はき》に反射的に身構えそうになったが、そこをジュードに止められる。

「待って。今ここで下手《へた》に動くと、大騒《おおさわ》ぎになるかもしれないよ」

「……そうか」

ミラはジュードの言葉におとなしく従った。

壮年の男はミラたちのほうには一瞥《いちべつ》もくれず、馬車に乗り込んだ。中年男性がそれに続く。

馬車はすぐに屋敷から走り去り、兵士たちもそれについていったためほとんどいなくなった。

ややあって、屋敷の中からひとりの青年が出てきた。

「ふう……」

青年は硬い表情を浮かべ、重苦しいため息をついた。その顔が、ミラたちのほうに向けられるなり柔らかなものに変わる。

「やあ。今度はドロッセルに来客かい？」

「お兄様！　ご紹介します」

ドロッセルは青年の元に走っていった。ミラたちもその後に続いて、門の前まで行く。

「ええと、こちらは……あ、まだみんなの名前を聞いてなかった」

ドロッセルはしまった、とばかり手で口を覆《おお》った。

「うっかり者だな、ドロッセルは」

青年はドロッセルに向かって苦笑を浮かべ、それからミラたちに視線を移した。

「妹のお友達であれば、歓迎しますよ。僕はドロッセルの兄、クレイン・K・シャールです」

「ええっ？」

ジュードが目を丸くした。

「どうしたのだ、ジュード？」

「シ、シャールって、まさか……」

「クレイン様はカラハ・シャールを治める領主様です」

ローエンが慇懃《いんぎん》な口調で告げた。

「なるほど。クレインが領主で、ドロッセルがその妹だとわかって、ジュードは驚《おどろ》いたのか」

「俺は店にいる時にピンと来てたけどな」

「だったら先に教えてよ……」

ジュードがアルヴィンに向かって恨《うら》めしそうに口を尖《とが》らせた。

「私のことを見ても誰《だれ》だかわからないみたいだったから、きっとこの人たちは旅の方なんだなって思ったんです。別に隠してたわけじゃないの。ごめんなさいね」

ドロッセルが驚いているジュードを見ながらおかしそうに笑う。

「立ち話もなんです。さあ、どうぞ屋敷《やしき》の中へ」

クレインに招じ入れられるまま、ミラたち一行は門を潜《くぐ》った。


「……なるほど。そういうことだったのか」

しばらくの後。ミラたちは立派な調度品に囲まれた日当たりのいい、上品な広間で、クレイン、ドロッセル兄妹と共にお茶を飲みながら歓談していた。

「またドロッセルが無駄遣《むだづか》いしそうになったところを、こちらの皆さんに助けてもらったというわけだ」

「ひどいわ、お兄様。無駄遣いなんて」

ドロッセルがクレインに向かって頬《ほお》を膨《ふく》らませる。その様子を見て、この兄妹は随分《ずいぶん》と仲がいいようだとミラは思った。クレインのほうが、いささか妹に対して甘すぎる気もしたが。ドロッセルは十八歳らしいが、年齢に比してやや子どもっぽいところが見受けられるのは、もしかしたら兄に溺愛《できあい》されているせいなのかもしれない。

「私たち、協力して買い物をしたのよね」

『ねー』

ティポがドロッセルの言葉に同意する。ドロッセルの手にしている茶器は、まさに先ほど骨董《こっとう》店《てん》で買い求めたものだった。

「それで、皆さんはこれからどちらへ？」

クレインがミラたちの顔を順番に見ながら尋ねてきた。

「タラス街道からバルナウル街道を通って、イル・ファンまで行こうかなって思ってるんだけど」

アルヴィンが皆を代表して答えた。

「イル・ファンですか……今はちょっと、時期が悪いかもしれませんね。街道の途中にあるガンダラ要塞《ようさい》の通行が、制限されていますから」

「あ、やっぱりそうか」

アルヴィンは思い当たるところがあるようだった。

「それなら領主様の口利《くちき》きで通行手形の一枚も出してもらえると、俺たちとしては助かるんだけどなあ」

「僕としてもそうして差し上げたいところですが、あいにくガンダラ要塞は、国王直轄《ちょっかつ》なので……正直、お役に立てるかどうかは」

「ありゃ。そいつは残念」

アルヴィンが肩をすくめるのと同時にノックの音が聞こえ、広間の扉が開いてローエンが中に入ってきた。

ローエンはクレインのそばへ歩み寄ると、彼の耳に顔を近づけ、何やら囁《ささや》いた。

それまでにこやかに皆と話していたクレインの表情が、たちまち曇《くも》る。

「……そうか、わかった」

クレインは椅子《いす》から立ち上がった。

「お兄様、どちらへ？」

「ちょっと急用ができたので行ってくる。ローエン、ここは頼《たの》む」

「かしこまりました」

「皆さん、申し訳ありませんが僕はこれで失礼します。皆さんはどうかゆっくりしていってください」

そう告げて、クレインは部屋を出て行った。

そんな彼の後を追おうとするかのように、アルヴィンも席を立つ。

「俺もちょっと行ってくる」

「どこへ行くの？」

ジュードが彼に向かって質問した。

「生理現象って奴《やつ》さ。一緒《いっしょ》に行くかい？」

アルヴィンが笑って答えると、ジュードはミラのほうをちらと見ながら恥ずかしそうにかぶりを振った。

アルヴィンがいなくなったところで、今度はドロッセルが立ち上がった。

「ねえねえ、みんな旅の途中なんでしょ？　そのお話をたくさん聞かせて」

ドロッセルはエリーゼのそばに歩み寄り、隣《となり》に腰かけた。

「あの……わたし……」

エリーゼが助けを求めるようにミラとジュードのほうに目を向ける。

「私、この街から離《はな》れたことがなくて。だから、遠い場所のお話を知りたいの」

「離れたことがない、か……」

エリーゼとドロッセルはもしかしたら案外境遇が似ているのかもしれない。片方は意に沿わぬ形で監禁され、片方は領主の妹という恵まれた立場にあるものの、どちらもひとつの土地に縛《しば》り付けられているという点では同じと言えそうだった。

「わたしも……外に出たことなかったです。でも……」

『ジュード君たちが、エリーを連れ出してくれたんだよー』

「青い海とか、深い森とか行って……怖い目にも遭《あ》ったりしたけど、それ以上にわくわくして……」

エリーゼは自分でドロッセルに話をしようと決めたようだった。たどたどしい口調ながらも、自分がこれまで経てきた冒険譚《ぼうけんたん》を相手に伝えようと、一生懸命《けんめい》言葉を紡《つむ》ぐ。

「エリーは海を渡ったのね。いいなあ。私、まだ海は見たこともなくて」

『すごくいいところだよー』

「岩に化ける蛸《たこ》が海岸にいるから、注意を怠《おこた》ってはいけないがな」

ミラも会話に加わり、ティポの会話を補足した。

「岩に化けるタコさん？」

ドロッセルが目と口をぽかんと丸くする。

「あの、貝や魚も……います。蛸だけってわけじゃ……」

「ああ、そうよね。貝殻で作ったきれいなアクセサリなら、広場のお店で見たわ」

ドロッセルが両手をぱちん、と打ち鳴らした。

「きれいなアクセサリ……いいですね」

「興味あるの？　だったら今度プレゼントするわね」

「え……いいの……？」

エリーゼが驚《おどろ》いた顔を浮かべたのに対し、ドロッセルはもちろん、と答え微笑《ほほえ》んだ。

「お友達の証《あかし》よ。せっかくこうして知り合えたんですもの」

ドロッセルの言葉に、エリーゼは目を大きく見開きこくこくと大きく頷《うなず》く。

『わーい。生きてる貝は気持ち悪いけど、死んだ貝殻はキレイだよねー』

「ほっほっほ。お嬢様《じょうさま》に、よいお友達ができたようですね」

ローエンが、ドロッセルとエリーゼを見ながら笑った。

「どうぞおくつろぎください。今、お茶のお代わりをお持ちいたします」

そう言って彼は、空《から》になったポットを手に取り、部屋を出て行った。

ミラはふと隣《となり》に座っていたジュードのほうに目を移し、彼がほっとしたような顔を浮かべているのに気付いた。

「随分嬉《ずいぶんうれ》しそうだな、ジュード」

「エリーゼが楽しそうにしてるからね」

ジュードはまだお茶の入っているカップに口をつけながら答えた。

「ここまで大変なことばっかりだったから……本当によかったよ」

「いつも人の心配ばかりしている君のほうが、よほど大変だったのではないか？」

ミラが問うと、ジュードは彼女に向かって微笑《ほほえ》んだ。

「僕は平気だよ。これくらい、何ともない」

「……そうか。それはよかった」

ジュードの言葉は無理して言っているようには聞こえなかったので、これ以上はあえて追及すまい、とミラは思った。

「……だけど、あまりのんびりもしていられないよね？」

ジュードがカップを卓の上に置き、ミラのほうに顔を寄せて小声で囁《ささや》いてきた。ドロッセルに聞かれることをはばかっているのだろう。幸い、彼女はエリーゼとのおしゃべりに夢中で、こちらを気にする様子はない。

　ミラはジュードに向かって頷《うなず》いた。

「ああ。この家の全員が、私たちの味方とは限らない。長居は危険だろう」

「そうだよね。アルヴィンが戻ってきたらお暇《いとま》したほうが……って、いつになったら帰って来るんだろう。出て行ってから随分経《た》つけど」

　そこへ部屋の外から、こちらへ向かって足早に近づいて来る数名の足音が聞こえてきた。

「あの音は……まさか！」

　はっとなったミラが椅子《いす》から急いで立ち上がり、ジュードがそれに続いた次の瞬間《しゅんかん》。

　広間の扉が乱暴に開けられ、クレインが室内に入ってきた。背後に、武器を構えた警備兵たちを引き連れている。

「お、お兄様……？」

「これは何のつもりだ？」

「まだ、お帰りいただくわけにはいきません……あなた方が、イル・ファンの研究所に潜入《せんにゅう》したと知った以上はね」

　クレインは先ほど歓談していた時とは打って変わった厳しい表情で、ミラたちに告げた。

「さて、何のことだろうな」

「エリーゼ、こっちへ」

ジュードが声をかけると、エリーゼは彼とドロッセルの顔を交互に見た後、ジュードのそばへと走り寄ってきた。

そこへローエンが戻ってくる。

「旦那様《だんなさま》、これは一体？」

「とぼけても無駄《むだ》です。アルヴィンさんが全《すべ》て教えてくれました」

クレインはローエンの質問には答えず、ミラを見据えたまま言った。

「アルヴィンが……!?」

ジュードはクレインの言葉に驚《おどろ》いたようだったが、ミラの抱いた感想はやはりそうか、だった。先ほどアルヴィンが部屋を出て行った時、どうも様子がわざとらしいと思ったのだが、案の定だった。

「……私たちを軍に突き出すつもりか？」

ミラは剣に手をかけながら答えた。いつでも強行突破できるよう、腰を落とし気味にして身構える。

クレインはそんなミラを見て肩をすくめ、空いているソファに腰を下ろした。

「この警備兵はあなた方を捕らえるために招集したのではありません。それより、教えていただきたい。イル・ファンの研究所で、あなた方が何を見たのかを」

クレインの口から出た思わぬ言葉に、ミラはジュードと顔を見合わせた。

「……どういうことだ？」

「ラ・シュガルはナハティガルが王位に就いてからというもの、すっかり変わってしまいました」

クレインは苦しみを堪《こら》えるかのような口調で語り始めた。

「イル・ファンで何がなされているのか、六家《りくけ》の人間ですら知らされていない……もしやよからぬことが行われているのではないかと、以前から気になっていたのですよ」

クレインの表情と声は、本気でラ・シュガルの未来を憂《うれ》える調子に満ちていた。そこに嘘偽《うそいつわ》りの混じっている様子はない。

そう見て取ったミラは、自分とジュードが目にした事実を、彼に教えてやることにした。

「あの研究所では、人間から強制的にマナを吸出し、新兵器を開発していた」

「人体実験を!?」

クレインががた、とソファを揺らした。

ドロッセルが顔を青ざめさせ、ローエンも深刻そうに眉《まゆ》をひそめる。

「まさか、そこまでとは……！」

「でも本当なんです、クレインさん。僕とミラは……確かにその現場を目撃《もくげき》しました。大勢の人が硝子《ガラス》の器に入れられてて……それで……」

ジュードが懸命《けんめい》に、ミラの説明を補足しようとする。だが彼にとっても思い出したくないことなのか、その言葉は途中で途切れてしまった。

「いや、信じていないわけではありません……嘘《うそ》だと思いたいが、事実だとすれば全《すべ》てのつじつまが合う……」

クレインはミラたちの話を信じたようだった。彼のほうにも、どうやら何か思い当たることがあるらしい。

ならばこちらからも、聞きたいことがある。

「実験の主導者はラ・シュガル王……ナハティガルなのか？」

ミラはクレインに向かって尋ねた。

「ええ。そうなるでしょう」

クレインはミラの問いかけに重々しく頷《うなず》く。

「やはりか……」

その答えも、既《すで》に予期していたものだった。

「教えていただき、ありがとうございます。ドロッセルの友達を捕まえるつもりはありませんのでご安心を。ですが、即刻この街を離《はな》れてください」

クレインはソファから立ち上がった。

「街にはナハティガル旗下《きか》のラ・シュガル兵が進駐しています。どうぞお気をつけて」

　クレインはそう言い残すと、警備兵を引き連れ、部屋を出て行った。

　ドロッセルがエリーゼのそばに近づいて来て、彼女の手を取る。

「事情はわからないけど……私たちはお友達よ。それだけは信じてちょうだい」

「う、うん……」

　エリーゼはドロッセルの言葉に頷いた。

4

Jude

　ドロッセル、ローエンに見送られ、屋敷《やしき》を出たジュードたちは、街の広場へと戻ってきた。

　そこにはイラート海停《かいてい》の時と同じように、手に鳥を止まらせて足に紙を巻きつけているアルヴィンの姿があった。

「アルヴィン！」

　ジュードが叫ぶのと同時に、アルヴィンの手から鳥が空へと飛び立っていく。

　それを見送って、彼はジュードたちのほうを振り返った。

「よ」

アルヴィンの態度は、これまでとまったく変わらない飄々《ひょうひょう》としたものだった。自分たちのことをクレインに話すという裏切り行為を働いたにもかかわらず、まるで悪びれていない。

「あなたって人は、よくも……！」

ジュードは憤然《ふんぜん》となって、彼に向かって近づいて行った。そんなジュードを、ティポがすかさず追い越していく。

「ティポ……？」

『アルヴィン君、ヒドイよー！　ヒドすぎるったらないよー！』

ティポはアルヴィンの顔の周りをぶんぶんと飛び回りながら、文句を言った。

『バカー！　アホー！　もう略してバホー！』

「おーおー、怒《おこ》ってるなあ」

アルヴィンのほうはけろりとしたもので、ティポに罵倒《ばとう》されても眉《まゆ》ひとつ動かさなかった。

その間に、ジュード、ミラ、エリーゼも彼のすぐそばまで到達する。

「なぜ私たちをクレインに売った？」

ミラがアルヴィンに向かって質問した。口調は静かだったが、その分内に怒《いか》りを秘めているようにも感じられる。

「売ったなんて人聞きの悪い」

アルヴィンは肩をすくめた。

「こっちの知りたいことを聞き出すための取り引きさ。シャール卿《きょう》が、今の政権に不満を持ってるっていうのは有名だからな。情報を得るにはうってつけだと思った」

「それで、僕たちのことを……？」

「お蔭《かげ》でいい情報が聞けたろ？」

ジュードに向かって語りかけながら、アルヴィンはにやりと笑う。

「確かにそうかもしれないけど……」

アルヴィンがあまりにも堂々としているので、ジュードは毒気を抜かれてしまった。ミラやエリーゼのほうに目を向けると、こちらも何か変なものを呑《の》み込んでしまったような、微妙な顔つきになっている。ティポもいつの間にかエリーゼの元に戻っていた。

ミラはため息をつき、片手を腰に当てながら改めて口を開いた。

「確かに、お前の言う通りだ。……ラ・シュガル王ナハティガル。こいつが元凶《げんきょう》だとわかったのは収穫だった」

「やはりそこに行き着くか」

「王様……」

あのイル・ファンのラフォート研究所が王立機関であることや、自分たちを追ってきたラ・シュガル兵がかなり広範にわたって展開していることを考えると、確かに国王が直接今回の一件に絡《から》んでいると見たほうが納得はいく。そこまではジュードにも薄々《うすうす》予想はできたことだった。

問題は——そうとわかって、これからどうするかだ。

「ナハティガルを討《う》たねば第二、第三のクルスニクの槍《やり》が作られるかもしれん」

ミラがジュードの内心を察したかのように、きっぱりとした口調で告げた。

相手が誰《だれ》だろうと、ミラは決してためらわない。立ち止まらない。

それもまた、ここまでの付き合いを通じて、ジュードにはわかっていたことだった。

では、自分は。ミラの手伝いをすると決めた自分には、果たしてそこまでの覚悟はあるのだろうか。

「王様を……討つ……」

「ああ。ラ・シュガル国民は混乱するだろうが、ここで看過することはできない」

「……そうだよね」

ミラに対して異《い》を唱えるつもりはジュードにはない。そうするしかないだろうということも理解できていた。

ただ、理解することと、自分がそれに加担するということがすぐに結びつかず、戸惑っているのだった。

国王を討つ。そんな大それた企《くわだ》てに、本当に自分は関《かか》われるのか？

　ジュードはアルヴィンがこちらをじっと見つめているのに気付いた。まるで内心の葛藤《かっとう》を全《すべ》て見透かされているような気がして、落ち着かなくなる。

「そうだよ……人から無理やりマナを引き出して、犠牲《ぎせい》にするようなこと、放《ほう》っておくわけにはいかない……」

　かみしめるようにそう口にしたのは自分を納得させるためか、それともアルヴィンやミラ、エリーゼに聞かせるためか、あるいはその両方か。

「お、お前ら……手配書の連中だな⁉」

　不意に聞こえてきた大声が、ジュードの思考を断ち切った。

　いつの間にか、三人のラ・シュガル兵がすぐそばにいて、ジュードたちに向かって武器を構えていた。

「た、大変……」

　エリーゼが息を呑《の》む。

「見つかる前に街を出たかったが、かなわなかったか」

「はっ、往来で堂々としすぎたかもな」

　ジュードたちは即座に応戦の態勢を取った。たちまち、一触即発の緊迫《きんぱく》した空気があたりに満ちる。

　広場は一瞬《いっしゅん》にして激しい混乱状態に陥《おちい》った。周囲にいた一般人や物売りたちが、危険を感じてあわてて逃げ出す。

悲鳴と罵声《ばせい》、怒号《どごう》が飛び交い、一帯が騒然《そうぜん》となる中――そんなまわりの空気などどこ吹く風とばかりに悠然《ゆうぜん》とひとりの人物が歩いて来て、ジュードたちと兵士たちの間に割って入った。

「し、執事《しつじ》さん？」

ジュードは驚《おどろ》きに見舞われた。やって来たのは先ほど別れたばかりのシャール家の老執事、ローエンだった。

「南西の風、二……いい風ですね」

ローエンは空を見上げ、呟《つぶや》いた。

「執事さん、危険です。離《はな》れてください！」

ジュードはあわてて警告を発した。だがローエンは逃げない。それどころか、空を見上げたまま穏《おだ》やかに微笑《ほほえ》んだ。

「この場は、私が」

そう口にして、すっと右手を持ち上げる。するとどこから湧《わ》き出たのか、その手にいつの間にか一本のナイフが握られていた。

「じじい！　貴様もこいつらの仲間か！」

兵士が怒声《どせい》を上げる。

ローエンは何も答えず、持ち上げた右手をだらんと下におろした。ナイフが足下に落ち、石《いし》畳《だたみ》の石と石の隙間《すきま》に器用に突き刺さる。

「な、何を……？」

ジュードは困惑した。一体ローエンは何をしようとしているのだろうか？

ローエンはやれやれとばかりに肩をすくめながら兵士たちに背を向け、ジュードたちのほうを見た。剣を抜こうとしていたミラ、武器を構えていたアルヴィンに向かって任せろとばかり片目をつむる。

彼が両手を交差させながら胸に当てると、またしてもいつの間にか、今度は二本のナイフがその手に握られていた。一体いつ取り出したのか、まったくわからない。まるで手品師の演技を目にしているようだった。

「じじい！　こっちを向け！　何を企《たくら》んでいる！」

槍《やり》を構えていた兵士のひとりが、威嚇《いかく》するように槍身《そうしん》をローエンに向かって突き出した。

「危ない！」

「おっと」

ローエンは兵士たちのほうを振り返り、両腕を頭の上に持ち上げた。

「怖い怖い……驚いて、うっかり手を離してしまいましたよ」

「ナイフが……」

エリーゼが小声で呟いた。ジュードがローエンの頭上を見上げると、二本のナイフが陽光をきらめかせながら、空中をくるくると舞っているのが目に入った。

「おや。後ろのお二人、陣形が開きすぎていませんか？　その位置は、一呼吸で互いを援護できる間合いではないですよ？」

ローエンは武器を突き付けられているとは思えないほどの落ち着き払った声で、兵士たちに向かって口を開いた。

「そしてあなた。もう少し前ではありませんか？　それでは、私はともかく後ろの皆さんを拘《こう》束《そく》できません」

「貴様……余計な口を！」

兵士たちが再びローエンを攻撃《こうげき》しようとした、その刹那《せつな》。

彼らの背後に、今しがたローエンが上空に放り投げた二本のナイフが落下し、最初の一本と同じように石畳《いしだたみ》の隙間《すきま》に突き刺さった。と、合計三本になるナイフが一斉に発光し始め、ナイフ同士が直線で結ばれて地面に光で描かれた三角形と、それに続いて魔《ま》法《ほう》陣《じん》が出現する。

「こ、これは……？」

「う、動けない……！」

魔法陣の中にいた三人の兵士たちは、足に根が生えたかのようにたちまちその場に拘束されてしまった。

「やるじゃないか、爺《じい》さん」

アルヴィンがローエンに向かって感心したように告げた。

「では、これで失礼いたします」

ローエンは兵士たちに向かって、優雅な仕草で一礼すると、改めてジュードたちのほうを振り返った。

「皆さん、こちらへ。ご案内いたします」

「わかった」

ミラが答え、一行はローエンについて広場を後にした。

Milla

広場を離《はな》れ、街外れにある見晴らしのいい高台まで来たところで、ミラたちは足を止めた。

「ご無事で何よりでした、皆さん」

ローエンが皆のほうを振り返り、口を開いた。ここまでかなり早足で移動して来たにもかかわらず、息ひとつ切らせていない。恐らく人間にしては老齢に達しているはずだが、若い頃《ころ》によほど鍛《きた》えたのか、彼の体力に衰《おとろ》えはないようだった。

『ローエン君、すごかったー！　こわいおじさんたちもイチコロだったね！』

ティポがじゃれつくように、ローエンのまわりを周回する。

「いえ、イチコロなどとてもとても。私程度では、せいぜい彼らの足止めをするくらいしかできませんよ」

「いやいや、大した腕だ。いいものを見せてもらった」

アルヴィンがねぎらいの言葉をかける。

「本当に助かりました。ありがとうございます。しつ……ローエンさん」

ジュードがローエンに向かって頭を下げた。

「ローエンで結構ですよ」

「それで？　私たちに何か用があるのだろう？」

ミラが尋ねると、ローエンが彼女のほうに顔を向けた。

「おや、直球ですね。そのほうが話が早くて私も助かりますが」

ローエンは口元に浮かべていた微笑を引っ込め、真面目《まじめ》な顔つきになった。

「実は、皆さんに折り入ってお願いしたいことがございまして」

「僕たちに……？」

「お尋ね者の俺たちにわざわざってところを見ると、あんまり楽しい話じゃなさそうだな」

ジュードとアルヴィンが顔を見合わせる。

「その願いとは？」

ミラはローエンに話の続きを促した。

「先ほどラ・シュガル王が屋敷《やしき》に来られ、王命により街の民を強制徴用《ちょうよう》いたしました」

「ラ・シュガル王って……まさかさっきの⁉」

ジュードがはっとした表情を浮かべ、ミラのほうを見た。

ミラもすぐに、先刻シャール家の屋敷の前で見た、壮年の男性の姿を思い浮かべた。

「あれが……ラ・シュガル王ナハティガルだったのか」

「さようでございます」

ローエンはミラの言葉に頷《うなず》いた。

「あの怖そうな人が……ラ・シュガルの王様だったなんて……」

『びっくりだよねー』

「しかし……国王自ら出向いてくるってのは、よほどの事情があるってことだな。強制徴用ってのも穏《おだ》やかじゃない」

アルヴィンが顎《あご》に手をやり、考え込む仕草を見せる。

「まさか……」

ミラの脳裏に、ひとつの可能性が思い浮かんだ。イル・ファンの研究所で見た光景。装置につながれた大勢の人間たち。

「ナハティガル王は、人体実験をする気なんじゃ……？」

どうやらジュードも、ミラと同じ可能性に思い至ったらしい。

「間違いありますまい。皆様のお話を聞いて、民の危険を感じた旦那様《だんなさま》は、徴用された者たちを連れ戻しに行かれました。しかし……ナハティガルは人に言われて考えを改めるような男ではありません。それどころか、旦那様に反逆者の烙印《らくいん》を押し、民ともども実験台にしかねない」

ローエンの口に、苦々しそうな響《ひび》きが混じる。彼が本気で主人のクレインの身を憂《うれ》えていることが、それで察せられた。

「ドロッセルのお兄さん……危ないの？」

「その通りでございます」

ローエンはエリーゼの言葉に同意した。

「どうか、皆様にお願いいたします。力を貸していただけないでしょうか？　旦那様を、お助けしたいのです」

「ふむ……」

「行こう、ミラ」

ジュードが決然とした口調でミラに向かって告げた。

「クレインさんもだけど、連れて行かれた他の人たちも心配だ。放《ほう》ってはおけないよ」

『賛成ー。みんなを助けよー！　ね？　エリー』

ティポの問いかけに、エリーゼもこくこくと頷く。

「あーあ。優等生のお節介魂《せっかいだましい》が燃え上がったばかりか、エリーゼ姫にまで飛び火しちまった」

アルヴィンは肩をすくめ、ミラのほうを見た。

今や全員の視線が、彼女に向かって集中していた。

「いいだろう」

ミラはローエンの目を見ながら口を開いた。

「ナハティガルの企《たくら》みを、このまま捨て置くわけにはいかないからな」

「ありがとうございます」

ローエンはミラたちに向かってもう一度、深々と頭を下げた。

「それでは、ご案内いたします。民が連れ去られ、旦那様《だんなさま》が救出に向かわれたのは、街の南西にあるバーミア峡谷《きょうこく》です。急ぎましょう」

「うむ」

「わかりました！」

「了解」

「は、はい……」

『行っちゃうよー』

ローエンの呼びかけに、ミラ、ジュード、アルヴィン、エリーゼ、ティポの返事が重なった。

TALES OF XILLIA 1

第四章

Milla

1

カラハ・シャールからはサマンガン海停《かいてい》に向かうサマンガン街道、首都イル・ファンに続くタラス街道の他、周辺地域に向けて小さな道がいくつも伸びている。そのうちのひとつが、南に伸びるクラマ間道だった。

ローエン先導の下、ミラたちはそのクラマ間道を進み、やがて道の左右に切り立った崖《がけ》が続くバーミア峡谷《きょうこく》へと到達した。

崖は赤や緑、黄といった様々な色合いの岩で形成されていた。岩の表面は無数の割れ目や筋がぐねぐねと複雑な波を描きながら走っており、独特の地層を形成している。岩の割れ目のところどころに木々や草が繁《しげ》り、それが全体の色彩にさらなる混沌《こんとん》をもたらしていた。ただの崖にしてはどこか生々しく、実は巨大な生物の体内にいると言われても信じてしまいそうな光景だった。

「街の人間が連れ去られたというのは、この場所か？」

「はい」

ミラの問いかけに、ローエンが重々しく頷《うなず》いた。

「すごいところだね……こんなの他で見たことがない」

ジュードが左右の崖を見渡しながら、感心したように口を開いた。

「ここはラ・シュガルでも有数の境界帯ですからね」

「ああ、なるほど……」

『ジュード君、境界帯って？』

「微精霊《びせいれい》の活動が干渉しあって、他とは違う不自然な自然環境が形成されている地域のことをそういうんだよ」

ジュードが説明すると、エリーゼがふんふん、と頷いた。

「皆、油断するなよ。いつどこから敵が襲《おそ》ってくるかわからんぞ」

ミラはジュードたちに向かって警告を発した。街を出てからここまでは特に妨害《ぼうがい》らしい妨害はなかったが、この先もそうとは限らない。ナハティガルが本当にイル・ファンの研究所で行っていたような実験をここでもやろうとしているのであれば、大規模な施設が建造されているだろうし、そこは大勢の兵によって厳重に警備されていることだろう。いつ何時、そうした警備の兵に見つかってもおかしくないのだ。

「ミラの言う通りだ。こういう地形は、奇襲《きしゅう》するにもうってつけだしな」

アルヴィンもミラの言葉に同意する。

一行は前後左右に注意を払いながら、峡谷《きょうこく》の中へと足を踏《ふ》み入れた。

その途端《とたん》、ミラは針のように自分に突き刺さってくる殺気を感じた。

「上……？」

頭上を見上げた彼女の目に、張り出した岩棚の上からこちらに向かって弓で狙《ねら》いをつけているラ・シュガル兵の姿が映る。

「敵だ！」

叫んだのと同時に、空気を切り裂く甲高《かんだか》い音を発しながら、何本もの矢がミラたちの元に降り注いできた。

「危ない！」

「きゃっ⁉」

ジュードがとっさにエリーゼを庇《かば》い、地面にあった岩の陰に身を潜《ひそ》める。

ミラ、アルヴィン、ローエンも矢をよけて地面に転がりながら、ジュードたちに合流した。

全員が隠れた岩に向かって、矢が次々に打ち込まれる。

「こいつはとんだ土砂降りだな」

地面に落ちてくる矢や岩の破片を見ながら、アルヴィンが忌々《いまいま》しそうに呟《つぶや》いた。

「やはり兵を配していたようですね」

「あの様子だと、どうやらよほど見られたくないことをしているようだな。アルヴィン、ここから奴《やつ》らを狙撃《そげき》できないか？」

「駄目《だめ》だ。場所が悪い」

アルヴィンの答えはにべもなかった。

この間にも矢は途切れることなく、ミラたちを狙ってくる。

『どうにかならないのー、このままじゃ串刺《くしざ》しになっちゃうよー！』

「何とか隙《すき》を作れればいいのだが……」

「隙……」

ジュードが考え込む素振《そぶ》りを見せる。ややあって彼は、決然とした表情でミラのほうを振り向いた。

「僕がやるよ」

「ジュード……？」

「僕が注意を引き付ける。その間に狙撃兵を」

ジュードはミラの目を見つめながら落ち着いた口調で告げた。

「囮《おとり》を引き受けるつもりか？　危険だぞ」

「私もそう思います。この猛攻撃では……」

ミラは眉《まゆ》をひそめ、ローエンもそれに同調する。

そんなふたりに向かってジュードは心配無用とばかりに微笑《ほほえ》んだ。

「大丈夫《だいじょうぶ》だよ、きっと。これくらいなら何とかなる」

ジュードの表情と物言いは、自信と確信に満ちているようにミラの目には映った。

これなら大丈夫かもしれない——

「……わかった。では任せる」

気が付くと、自然にその言葉が出ていた。

ローエンが一瞬《いっしゅん》驚《おどろ》いたような表情を浮かべたが、口に出しては何も言わなかった。

「うん、任されたよ。後はよろしく」

ジュードは頷《うなず》くと、潜《ひそ》んでいた岩陰から、鉄の雨が降り注ぐ場所へと身を躍《おど》らせていった。

「随分信頼《ずいぶんしんらい》しているみたいだな」

アルヴィンが声をかけてくる。

「そうか？　前もジュードの機転で危地を切り抜けたことがあるから、今度もうまく行くかもしれないと思っただけなのだが」

「それが信頼してるってことだよ」

そう言って彼はふっと笑った。

Jude

全身の感覚を研《と》ぎ澄《す》ませ、岩棚の上にいる兵士たちと、飛んでくる矢の動きに意識を集中させる。

「はっ！ たあっ！ やああっ！」

ジュードは谷底を縦横無尽《じゅうおうむじん》に動き回り、敵の攻撃《こうげき》を回避《かいひ》することに専心した。

地面を蹴《け》って横に大きく飛び跳ね、矢の軌道から身をかわす。いったん足を止め、敵兵の攻撃をまとめて引きつけたところで素早く地面に転がって地点を移動する。身体《からだ》を小刻みに揺らし、前後左右に動き回ることで照準をそらす――

あの手この手を使って攻撃をよけ続けるうちに、次第に敵兵たちが自分に対して苛立《いらだ》ちを募《つの》らせるのが感覚として肌に伝わってきた。

それでいい。彼らがこちらに対してむきになればなるほど、他に対する注意が疎《おろそ》かになる。

あとはミラとアルヴィンがうまくやってくれるはず。

仲間の援護を信じ、ジュードはなおも動く。動き続ける。

やがて――その時が来た
崖《がけ》を伝ってミラが兵士たちの背後にまわり、敵兵が気付くよりも先に射程に飛び込み攻撃を仕掛ける。

「き、貴様っ！」

「はあっ！」

敵兵の詰めていた岩棚はたちまち叫喚《きょうかん》の場と化した。兵士たちがひとり、またひとりとミラの振るう剣にとらえられ、ある者はその場で倒れ伏し、ある者は岩棚から谷底へと落下する。

「よし、これなら……」

これでもう終わりだ、ジュードがそう安堵《あんど》しかかった瞬間《しゅんかん》。

ミラが今いるのとは別の場所にもうひとり狙撃兵《そげきへい》がいて、彼女に向かって弓を構えているのが視界に入った。

「ミラ、危ない！」

ジュードが叫ぶのと、狙撃兵の手から矢が放たれるのと――

「任せろ」

ジュードの背後に立ったアルヴィンが、目にも留まらぬ早業《はやわざ》で弾を撃《う》ったのとは同時だった。

二発分の音が立て続けに谷底に反響《はんきょう》する。一発は矢を撃ち落とし、もう一発は狙撃兵に命中してその場に打ち倒していた。

「助かった。アルヴィン」

ミラが岩棚の上から声をかけてきた。

「どういたしまして。俺も役に立つところを見せておかないとな」

「エリーゼ、ローエンさん、もう出てきても大丈夫《だいじょうぶ》だよ」

ジュードは岩陰に向かって声をかけた。すぐにふたりが、身体《からだ》についた土埃《つちぼこり》を手で払いながら姿を現す。

「素晴らしい連携《れんけい》でしたね、皆さん」

「そうですか？」

新たに加入したばかりのローエンにそう言ってもらえるのは、何だか嬉《うれ》しかった。

「ま、俺たちも一緒《いっしょ》に組むようになって久しいし、それなりに場数も踏《ふ》んできたからな。これくらいはできるさ。なあジュード？」

アルヴィンが気安い調子で、ジュードの肩に手を回してくる。

「ちょっと、暑いよアルヴィン」

「そう邪険《じゃけん》にするなって。ミラだったらよかったか？」

「そ、そういう問題じゃ……」

ジュードは岩棚の上にいるミラのほうに視線を向けた。

彼女はこちらにはまったく関心を払っておらず、戦闘《せんとう》が終わってもなお全身に緊張《きんちょう》をみなぎらせたまま、厳しい眼差《まなざ》しを遠くのほうに向けている。

「これは……イル・ファンで感じたのと同じ気配？」

その言葉を聞いて、ジュードははっとなった。

「イル・ファンって……まさかここにも、研究所にあったのと同じ装置が？」

「急ぐぞ。谷底へ向かう！」

ミラは岩棚から地面へ飛び降りるなり、走り出した。

ジュードたちも急いでその後を追った。


峡谷《きょうこく》の最深部に、それはあった。

深い竪穴《たてあな》の底の部分に、周囲と不釣り合いな巨大な機械の設備が建造されていた。壁に沿って全体を取り囲むように、何かを照射するような形状の装置がいくつも置かれている。上のほうには機械とは別の、何かの繭《まゆ》のような物体が吊《つ》り下がっていた。

「あれって……」

ジュードは竪穴の中心に立って周囲を見渡し、あるものに気付いて目を見張った。壁際《かべぎわ》の装置と装置の間に硝子窓《ガラスまど》のようなところがあり、よく見るとその中に人が閉じ込められている。形状こそ違うが、ラフォート研究所にあった装置と用途は同じでないかという気がした。ハウスが溶け去った時の光景が脳裏をよぎる。

「ど……どうなってるんですか……」

明らかに尋常ではない有様を前にして、エリーゼが怯《おび》えた声を上げた。

「やはり人体実験を行っていましたか……クレイン様！　いらっしゃいますか！」

ローエンがクレインの名を大声で呼びながら、硝子窓の向こう側を一ヵ所ずつ確認し始めた。

『いたー！　ドロッセルのお兄さん、ここにいたよ！』

ティポが硝子窓のひとつに向かって飛んで行った。ジュードがそちらに目をやると、確かに中にクレインがいた。意識を失っているのか、ぴくりとも動かない。

「クレイン様！　旦那様《だんなさま》！」

ローエンがクレインのそばに駆け寄り、硝子窓を手で何度も叩《たた》いた。しかし、クレインの反応はない。

「このままでは……」

「おい、まわりが光り始めたぞ！」

アルヴィンが武器で壁際を指し示した瞬間《しゅんかん》、全《すべ》ての装置から強い光が照射され、周辺一帯に魔法陣《まほうじん》が出現した。

それと同時に強い風が吹き出して、ジュードたち全員の身体《からだ》を魔法陣の範囲外へと弾《はじ》き飛ばす。

「くっ……！　一体何が……？」

「クレイン様！」

ローエンは再度魔法陣の中へ足を踏《ふ》み入れようとしたが、光の壁によって阻《はば》まれてしまった。

「よせ、手が吹き飛ぶぞ」

アルヴィンがローエンの肩をつかみ、後ろに引き戻す。

「奴《やつ》らめ……ここでも黒匣《ジン》の兵器を作ろうというのか？」

ミラが苛立《いらだ》たしそうに口にした。

「私たちを追うのをやめたのもこのせいか。悪い予感が当たったな……くだらぬ知恵ばかり働く連中だ」

『これからどうするのー？　このままじゃドロッセルのお兄さん、助けられないよー』

ローエンがクレインの囚《とら》われている装置から、ジュードたちに視線を移した。

「展開した魔法陣《まほうじん》は、閉鎖型《へいさがた》ではありませんでした。余剰《よじょう》の精霊力《せいれいりょく》を上方にドレインしていると考えるのが妥当《だとう》です」

「上方……」

ジュードは頭上を見上げた。確かに光が、まるで上昇気流にでも乗っているように、竪穴《たてあな》の入り口に向かって流れているのが見える。

「谷の頂上から侵入して、術を発動している核《コア》を直接叩《たた》いて破壊《はかい》できれば……」

「クレインさんや捕まった皆を助けられるんだね？」

「恐らくは」

ジュードの問いに、ローエンは頷《うなず》いた。

「頂上へ向かおう。もう時間がない」

　ミラの言葉に反対する者はジュードを初め、誰《だれ》もいなかった。

　一行は谷の最上部へと移動した。竪穴が大きな口を開けており、そこから紫色に輝《かがや》く煙のようなものが盛んに噴き出しているのが見える。

『わー、すごい勢いだよー！』

「これが全部精霊力なの……？」

「ああ。捕らえた人間からマナを吸い出して集め、余った分をこうして放出しているのだろう」

　ミラの言葉に、ジュードは唇《くちびる》をかんだ。こうしてはいられない。これだけ勢いよく余剰の精霊力が放出されているということは、その分、あの筒状の装置につながれている人々が急速にマナを吸い取られているということに他ならない。彼らが全《すべ》てのマナを絞りつくされてしまったら、それ以上生命を維持することは不可能になり、あのハウスのように溶け去ってしまうことだろう。

　穴の縁に立ち、下を覗《のぞ》き込む。噴き上がる精霊力の流れの奥に、何やらきらきらと輝く緑色の光が見えた。

「あの光ってるのが核《コア》？　でもこの高さじゃ……」

　ローエンは核《コア》を直接叩いて破壊しようと言ったが、この位置からでは距離《きょり》がありすぎて、有効な打撃《だげき》を加えるのは難しそうだった。

ではどうすればいいのか？

もはや手をこまねいている時間はない。ジュードの中で焦《あせ》りが募《つの》る。

「噴き上がる精霊力《せいれいりょく》に対して私が守護用の魔法陣《まほうじん》を展開します。それに乗ってバランスを取れば、無事に降下できるかもしれません」

ローエンが重々しい口調で告げた。

「つまり飛び降りるというわけだな」

「その通りです」

「核《コア》を狙《ねら》う機会は、降下中の一回こっきりってわけか。分《ぶ》の悪い賭《か》けだが、どうしたもんかな？」

アルヴィンがジュードに向かって問いかけてきた。

「……やってみよう。皆を助けなきゃ」

ジュードは即答した。たとえ分が悪かろうと、他に手がないのであれば乗るしかない。

「私もジュードの意見に賛成だ」

ミラも彼の言葉に同意した。

「まあ、そういうだろうとは思ったよ」

アルヴィンはジュードやミラの反応を予想していたようだった。

「ふふふ……なかなか度胸がおありだ。では私たちの方針は決まったとして……お嬢《じょう》さんはどうされますか？」

ローエンがエリーゼに視線を移した。

エリーゼはティポを強く抱きしめながら恐る恐る竪穴《たてあな》を覗《のぞ》き込んでいたが、その言葉にびくっと怯《おび》えたように身体《からだ》を震《ふる》わせ、ローエンのほうを振り向く。

「怖ければ、ここで待っていてもいいのですよ？」

エリーゼは一瞬《いっしゅん》表情に迷いを見せたものの、それを振り払うように激しくかぶりを振り、ローエンに近付いていって彼の手を握りしめた。

「わかりました。それでは一緒《いっしょ》に参りましょう」

ローエンはジュードたちの顔を順番に見、宣言した。

「では、参りますよ！」

次の瞬間、彼はエリーゼの手を握ったまま竪穴に飛び込んでいった。即座に足下に魔法陣が展開され、ふたりの身体を支える。

「よし、私たちも続こう」

ミラがすかさず魔法陣めがけて飛び降り、ジュード、アルヴィンもそれに続いた。

穴に向かって身を躍《おど》らせた瞬間、全身が加速感に包まれ、ジュードは息が詰まりそうになった。真下に向かって急速に引っ張られた状態で、魔法陣の上に着地する。

しかし、そこで安堵《あんど》の息をついている暇《ひま》はなかった。全員が魔法陣の上に飛び降りることには成功したものの、乱気流のような精霊力《せいれいりょく》の流れの中、平衡《へいこう》を保つのは容易でなかった。下に向かって引っ張られる加速感は減退はしたがなくなったわけではなかった上、魔法陣《まほうじん》全体が絶えず荒波にもまれる小舟のように激しい揺れに見舞われていたため、少しでも体勢を崩すとそのまま転げ落ちそうになっていたからだ。

まるで地の底に引きずり込まれるかのような恐怖感を懸命《けんめい》に堪《こら》えながら、ジュードは下に目を凝《こ》らした。耳元で風がごうごうと音を立てて鳴り、吹き付けてくる精霊力が顔を撃《う》つ。

そうした中、彼の両目は緑色の光の中心に煌《きら》めく結晶体《けっしょうたい》のようなものをとらえた。

あれが核《コア》だ。間違いない。

「見えた！　核《コア》が迫って来たよ！」

ジュードは大声で叫んだ。

「アルヴィン！　お前の武器であれを狙《ねら》えないか⁉」

「さっきからやろうとしてる！　だがこう揺れちゃ……！」

ジュードはアルヴィンのほうを振り向いた。彼は武器を構え、ぐらぐらと揺れる魔法陣の上で何とか体勢を整えようとしているものの、うまくできずに苦慮《くりょ》しているようだった。

もう時間がない。今から精霊術《せいれいじゅつ》を展開しても発動には間に合わないだろう。核《コア》を破壊《はかい》できる可能性があるのはアルヴィンの武器しかない。

何かできないか。今の自分に何かできることは。

ジュードは高速で頭を回転させ——そして閃《ひらめ》いた。

彼はアルヴィンのそばに駆け寄ると、武器をつかみ、自分の肩に載せて片膝《かたひざ》をつく体勢を取った。

「これならどう？　アルヴィン」

「相変わらず機転が利《き》くな。よし、これなら！」

アルヴィンがジュードの肩をぱん、と叩《たた》く。次の瞬間《しゅんかん》、耳元で鼓膜《こまく》が破れそうなほどの轟《ごう》音《おん》が迸《ほとばし》り、彼の武器が火を噴いた。

ジュードは衝撃《しょうげき》のあまり肩をすくめそうになったのを、かろうじて耐える。

アルヴィンはさらに立て続けに攻撃を見舞っていった。核《コア》に向かって弾丸が二発、三発と吸い込まれる。

核《コア》がひときわまばゆい煌《きら》めきを発し——そのまま爆散した。

それと同時に、地面に展開していた魔法陣と、上に向かって噴出していた精霊力の流れもすっと消える。

「よし、止まったぞ！」

「やった！」

そのままジュードたちは谷底へと到着した。すぐにクレインの囚《とら》われている筒状の装置の元に走り、装置の中から彼を解放する。続けて、他の囚われている人たちも同じようにした。

「旦那様《だんなさま》！　クレイン様！　しっかりなさってください！」

ローエンがクレインの身体《からだ》を抱え、揺する。

「う、うう……」

クレインの口からうめき声が漏《も》れた。

「気が付いた？」

『よかった！　よかったよー！』

何とか間に合った――

ジュードは胸をなで下ろした。誰《だれ》かをハウスのような目に遭《あ》わせるのは二度とごめんだと思っていたので、そうならなかったことに心の底から安堵《あんど》する。

「僕は……助かったのか……？」

クレインは完全に意識を取り戻し、口を開いた。

「すまない、ローエン……忠告を聞かず突っ走った結果が、これだ……」

「ご無事で何よりでした」

ローエンはクレインの背中を支えながら、立たせてやった。

「ナハティガルは、ここに来ているのか？」

ミラが問うと、クレインは弱々しくかぶりを振った。

「僕も、あの男を問い詰める気で来たのですが、親衛隊に捕らえられてしまって……それでこの様《ざま》です」

「そうか……」

「捕まってた皆も助けたことだ。さっさとここを立ち去ったほうがいいんじゃないか？」

アルヴィンの意見にジュードも賛成だった。住人たちが解放されたとわかったら、ナハティガルが兵士を大軍で差し向けてくるかもしれない。そうなったら今のジュードたちの人数ではまず勝ち目はないだろう。

「それが賢明でしょうな。ではこのまま……」

ローエンがそう言いかけた時。

それまでまったく動く気配のなかった、天井《てんじょう》に吊《つ》り下がった繭《まゆ》が、にわかに脈動し始めた。それと同時に、周囲に拡散していた精霊力《せいれいりょく》が、今度は繭の中に向かって急速に吸い込まれていく。

「危ない、下がれ！」

ミラが剣を抜き、身構えた。

繭の脈動が見る間に激しくなる。と、次の瞬《しゅんかん》間けたたましい爆発音を発しながらそれが弾《はじ》け——中から蝶《ちょう》のような姿をした魔物《まもの》が出現した。

「な、何だ……⁉」

『怖いよー！』

アルヴィンがすかさず武器を構え、エリーゼがその場で立ちすくむ。

「これは……」

魔物はまるで光がそのまま固まって形をなしたかのように、全身をうっすらと発光させていた。半ば実体、半ば幻影のようなその姿は、ジュードにかつて見た大精霊《だいせいれい》を連想させた。

「こいつ……！」

ミラが気合いと共に剣を振りかぶり、魔物に向かって足を踏《ふ》み出そうとした。

「待って、ミラ！」

そんな彼女を、ジュードはあわてて制止する。自分の中の直感が、あれを攻撃してはいけないと告げていた。

「なぜ止める、ジュード！」

「それは……ほら！　あそこをよく見て！　……あれ、微精霊《びせいれい》じゃないの？」

ジュードは魔物の身体《からだ》の一点を指し示した。そこは砂で作った置物が水に濡《ぬ》れてぼろぼろと崩れる時のように、原型を失いつつあった。砂の代わりに無数の小さな光が、まるで蛍《ほたる》のように乱舞している。

「確かに……」

「あれは魔物じゃない……微精霊の集合体だよ！」

「……そのようだな」

ミラは剣を下ろし、アルヴィンもそれにならった。

じっと見守るジュードたちの眼前で、魔物《まもの》に見えたものは完全に姿を失い、微精霊《びせいれい》の大群となって激しくきらめく。

「おお……これは……」

「きれい……」

『すごい、すごーい!』

ローエン、エリーゼ、ティポが感嘆の声を上げた。

全員がその場にじっとしたまま、微精霊の光の奔流《ほんりゅう》が収まるまでの一部始終を見守る。

「……ナハティガルは、民を犠牲《ぎせい》にして何を作ろうとしたのでしょう?」

ほとぼりが冷めるのを待って、クレインがどこかやるせなさの混じったような声で口にした。

「もう、終わったことだ……恐らく、奴《やつ》らの目論見《もくろみ》は外れた」

ミラがクレインに向かってかぶりを振った。そこには言外に、これ以上この件にかかわるなという意味もこめられているようにジュードには思えた。

「ジュード」

ミラの視線が、今度はジュードに向けられる。

「うん?」

「……ありがとう。我を忘れ、危うく微精霊をこの手で滅するところだった。ジュードのお蔭《かげ》だ」

そう言って、彼女は穏《おだ》やかに微笑《ほほえ》んだ。

微精霊の光のなごりを背後に背負いながら、自分に向かって笑いかけてくるミラはいつもの凛々《りり》しい彼女と違ってとても優しい印象で——それを目にしたジュードの胸を高鳴らせた。

「あ……うん……」

不意に生じた動揺を抑えきれず、ジュードの返事はたどたどしくなってしまう。

「さあ、それでは今度こそカラハ・シャールに戻るといたしましょう。皆、大量にマナを吸い取られ、相当衰弱《すいじゃく》していますし」

ローエンが全員に向かって提案した。その声が気を紛《まぎ》らわせる助け舟のように聞こえて、ジュードは内心ほっとした。もちろん、ローエンにそんなつもりは毛頭なかっただろうが。

一行はクレインや街の住人たちと共に、峡谷《きょうこく》を後にした。

2

Jude

カラハ・シャールの街へ戻ると、クレインは住人たちをすぐに医者に診《み》せ、具合を確認させた。人手が足りなかったため、ジュードもその手伝いにあたった。

全員の無事が確認され、皆がようやく人心地つくことができた頃《ころ》には、日はとうに暮れて夜になっていた。

「……本当にありがとうございました」

シャール家の屋敷《やしき》の応接間に落ち着いたところで、ローエンがジュードたちに向かって深々と頭を下げた。

「私からもお礼を申し上げます。兄と、街の人たちを助けていただき、感謝いたします」

ローエンと並んでいたドロッセルも、礼の言葉を口にする。皆が戻ってきた時、彼女は安堵《あんど》のあまり泣き出してしまい、今も目を赤くしたままだった。

「クレインさんや街の人たちが無事で本当によかったです」

ジュードはふたりに向かって微笑《ほほえ》んだ。

その時、部屋の扉が開き、クレインが入ってきた。彼もあの筒状の装置に囚《とら》われていたのだから身体《からだ》は相当に消耗《しょうもう》しているはずだが、そんな様子をおくびにも出さず、ここまでずっと働き続けていたのだった。

「……これでよし。やるべきことは大体終わった」

「お兄様、もうお休みになってください」

ドロッセルが心配そうに声をかけた。

「そうだな。そろそろそうさせてもらうつもりだよ」

　クレインが妹に向かって優しく微笑みかける。

「だがその前に……ミラさんやジュード君たちの今後のことについて話し合っておかなくてはね」

「私たちの今後？」

　ミラが首を傾《かし》げてクレインを見た。

「ええ、そうです。皆さんはやはりこれから、イル・ファンへ向かわれるのですか？」

「ああ、そのつもりだ」

「そうですか……」

　ミラの答えを聞いて、クレインが表情を曇《くも》らせた。

「既《すで》にお話ししたと思いますが……タラス街道からバルナウル街道を経てイル・ファンへ行くためには、途中にあるガンダラ要塞《ようさい》が最大の障害となります。成算はあるのですか？」

「それは……」

　ミラとジュード、アルヴィンは顔を見合わせた。成算など、まったくない。

「……押し通るしかないかもしれないな」

「ふむ……」

　ミラの言葉に、クレインとローエンは顔を見合わせた。

「さすがにそれは難しい……いや、ほとんど不可能と言ってもいいでしょう」

「あ、やっぱり？」

アルヴィンはクレインの言葉にあっさり納得したようだった。

「実は俺もそうだろうなとは思ってたんだけどさ」

「思ってたんなら早く言ってよ……」

ジュードが指摘すると、アルヴィンは苦笑を浮かべた。

「言ったってどうせミラ様は聞かないだろ？」

「……僕の手の者を潜《ひそ》ませて、皆さんがうまく通り抜けられるよう手配してみましょう」

クレインがミラ、ジュード、アルヴィン、エリーゼの顔を順番に見つめながら告げた。

「いいんですか？　僕たちに協力なんてしたら、クレインさんたちの立場が……」

「ナハティガルから見れば、僕は既《すで》に反逆者みたいなものですから。今さらどうということはありませんよ」

クレインは快活に笑った。

「元々、我がシャール家はナハティガルに対して従順ではありませんでした。それが今回のことで、決定的になりました。……実は今も、街に駐屯《ちゆうとん》していた軍に抗議し、兵を退去させるよう話をつけてきたところです」

「これ以上軍との関係は悪化しようがない、ということか」

「んじゃ、お言葉に甘えさせてもらおうぜ。無策で要塞《ようさい》に突っ込むより、何倍もマシだろうからな」

アルヴィンの提案に、ミラも頷《うなず》いた。

「そうか……そうだな。では頼《たの》んでいいだろうか」

「任せてください。皆さんに対するせめてものご恩返しです」

クレインは胸に手を当て、微笑《ほほえ》んだ。

「手配が整うまで、しばらく時間がかかるでしょう。それまではどうか、この屋敷《やしき》にご滞在ください。ここにいる間、皆さんの安心は保証します」

『わーい。まだドロッセル君といっぱいお話できるねー』

「ふふ、そうね」

ドロッセルはティポの言葉を聞いて、ようやく笑みを浮かべた。

エリーゼもそんな彼女に穏《おだ》やかな顔を向けている。ドロッセルとそれほど長い時間を一緒《いっしょ》に過ごしたわけではないにもかかわらず、彼女に対しては随分《ずいぶん》と気を許しているようだ。

もしかしたら――

ジュードの中にある思いつきが生じた。

「ではローエン、さっそく皆さんの部屋の準備を頼む」

「かしこまりました」

老執事《ろうしつじ》は腰を深々と折り、主人のクレインに一礼した。

屋敷《やしき》内に部屋をあてがわれたジュードだったが、身体《からだ》は疲れ切っているはずなのになかなか寝付くことができず、ベッドの上で何度も寝返りを打つ羽目《はめ》になった。

「……駄目《だめ》だ」

諦《あきら》めて起き出し、服を着替えて部屋の外に出る。

少し外で夜風に当たれば気持ちも落ち着き、眠気も訪れるかもしれない——そう考え、誰《だれ》もいなくなった暗い廊下を屋敷の玄関へと向かったところ。

「お休みになられないのですか？」

扉に手をかけ、開こうとしたところで、後ろから声をかけられた。

「ローエン」

声の主はローエンだった。こんな時間になってもまだ仕事中なのか、彼は相変わらずぴしりと一分の隙《すき》もない服装のままだった。

「ちょっとね……布団《ふとん》があんまり上等すぎるせいで、緊張《きんちょう》したのかも」

ジュードが答えると、ローエンは微笑を浮かべながら歩み寄ってきた。

「何かお悩みなのではありませんか？　よろしければ相談に乗りましょう」

「……わかってたんだ」

すかな？」

「長年生きておりますれば、その辺は何となく。もしかして、エリーゼさんのことではないで

ジュードは目を見張った。まさかそんなところまでお見通しだったとは。

「え、あ、うん……」

「彼女が皆さんの旅に加わることになった経緯は、お嬢様《じょうさま》より伺いました」

「エリーゼはそこまでドロッセルさんに話したんだ」

初対面でそれだけ打ち解けられるというのは、よほど気に入っていることの証《あかし》だろう。

先ほど応接間で思いついたことをローエンに話してみよう、とジュードは決心した。実をいえば、眠気が来なかったのはずっとそのことを考えていたためでもあった。

「ローエン、この屋敷でエリーゼを引き取ってもらえないかな」

相手の目を見つめながら、ゆっくりと切り出す。

「エリーゼは、ミラがこれからやろうとしていることとは関係ない。だからこれ以上巻き込まないほうがいいって思うんだ。それに、ドロッセルさんとも仲良くなったみたいだし……クレインさんもローエンも、エリーゼにはよくしてくれるから」

ローエンは頷《うなず》きながら、ジュードの話を聞いていた。

「ジュードさんは、肉親でもない彼女のことを、そこまで考えていたのですね」

「エリーゼをハ・ミルから連れ出したのは僕だから、責任は取らなくちゃって思ってるだけだ

よ。ミラやアルヴィンにはお節介《せっかい》、お人好《ひとよ》しって言われちゃうけど、放《ほう》ってはおけないから」

「ふふふ。わかりました。このローエンにお任せください」

ローエンは手で自分の胸を軽く叩《たた》き、ジュードの頼《たの》みを快諾《かいだく》した。

「旦那様《だんなさま》とお嬢様《じょうさま》には私からお伝えしておきます。悪いようにはいたしませんのでご安心を」

「ありがとう、ローエン」

ジュードの心は安堵感《あんどかん》で満たされた。この人に相談してよかった、と心の底から思う。肩に感じていた重みがすっと軽くなったような、そんな感覚にも包まれた。

「悩みは去りましたかな？　それでしたら、もうお休みなさい。この機を逃すと、また別の悩みが出てくるかもしれませんよ」

「はは……そうだね」

今は少しでも身体《からだ》を休め、明日以降に備えなくてはならない。早々に部屋に戻るべきだろう。

「じゃあ、もう寝るよ。おやすみなさい」

「はい。お休みなさいませ」

部屋に帰ってベッドに入った途端《とたん》、ジュードは眠りに落ち、そのまま朝まで熟睡《じゅくすい》した。


翌朝。

クレインは昨夜のうちにガンダラ要塞《ようさい》に配下を潜《もぐ》り込ませる手筈《てはず》を整えたとのことだったが、

状況をより正確に把握《はあく》するため、ローエンが実際に現地に赴《おもむ》くことになった。

ジュードたちはクレイン、ドロッセルと共に、ローエンを見送るため屋敷《やしき》の前まで出てきた。

「ローエンさんおひとりで大丈夫《だいじょうぶ》なんですか？」

「心配には及びません。彼は場数を踏《ふ》んでいますし、こういう時は下手《へた》に大人数を動かさないほうがいいですから。……ではローエン、よろしく頼む」

「お任せください」

クレインの言葉に、ローエンは落ち着いた口調で答えた。

「どれくらいで戻って来るの？」

ドロッセルがローエンに向かって尋ねる。

「そうですね。馬を使えば、一日もあれば戻って来られるかと」

「そう……だったらもしかしたら明日には、皆さんとお別れになってしまうかもしれないのね」

ドロッセルは残念そうに眉《まゆ》をひそめたが、不意に何かいいことを思いついたとばかりに顔を輝《かがや》かせ、手をぽんと叩いた。

「それなら、今日のうちにお買い物に行きましょう。ね？　エリー、ミラ」

「お買い物……」

『いいねー、行こう行こう！』

エリーゼが嬉《うれ》しそうに微笑《ほほえ》み、ティポが彼女の腕の中で跳ねた。

「決まりね。それじゃ、さっそく行きましょう」

ドロッセルはミラに近寄っていき、彼女の右腕に自分の腕を絡《から》めた。

「エリー、あなたはそっちね」

「うん」

エリーゼはドロッセルに言われるまま、ミラの反対側の腕を取る。

ミラは困惑した表情になった。

「待て。話が見えない。なぜお前たちは、私に絡《から》みつく？」

「エリーにプレゼントをする約束をしたもの。明日お別れかもしれないのなら、今日のうちに行っておかなくては駄目《だめ》でしょう？」

「ふむ、道理だな。では行ってくるがいい」

ミラが答えると、ドロッセルはにっこりと満面の笑みを浮かべた。

「じゃあそういうことで、出発～」

「出発～」

ミラは両腕をドロッセルとエリーゼに取られたまま、ずるずると引っ張られる格好になった。

「だから、なぜこうなるのだ？　私が行く必要はないだろう」

それを見たアルヴィンがにやりと微笑《ほほえ》んだ。

「いいんじゃねーの？」

「そうだね。ミラもたまには息抜きしてもいいと思うよ」

ジュードもそれに同意する。

「それに、たまには人間の女の子っぽいことをするのも、面白いかもよ」

「なるほど。だが厳密には、私に人の性別の概念《がいねん》は当てはまらないぞ。現出する際に人の女性の像を成しはしたが、それはあくまでこの世界における便宜《べんぎ》上《じょう》の……」

そうやって話している間も、ミラは両腕をドロッセルとエリーゼに引かれたまま後ろ向きで歩かされ、ジュードたちからどんどん遠ざかっていった。

そうするうちに、彼女たちは門を出、往来へと姿を消してしまった。

「……あのまま店まで歩いていくつもりかな」

「まあ、それもいいんじゃねーか？　たまにはさ」

アルヴィンがジュードに向かって片目をつぶった。

クレインはドロッセルがエリーゼと結託してミラを引っ張っていくのを微笑ましく見守っていたが、彼女たちがいなくなると、表情を引き締《し》めた。

「この今の幸せのために、僕も決心しなければならない……」

かみしめるような口調にはっとなって、ジュードは彼のほうに視線を移す。

「やはり、民の命をもてあそび、独裁に走る王に、これ以上従うことはできない……」

クレインの口調はジュードたちに聞かせるというよりも、自らに向かって語りかけているかのようだった。

「反乱を起こすのか？」

アルヴィンが問いかけると、彼はこくりと頷《うなず》いた。

「……もうそれしか道はないでしょう」

「それって、戦争になるってことですよね？」

ミラもナハティガルを討《う》つと明言しているが、少人数の自分たちと違い、六家《りくけ》の一員であるシャール家が動けば、ラ・シュガルは確実に激震《げきしん》に見舞われるだろう。国を真っ二つに割っての全面的な内乱に発展する可能性も高い。

ラ・シュガルで大規模な戦いがあったのは、十五年前の『震撼《しんかん》する白夜』が最後だった。この時は現国王であるナハティガルが兄のアドラーと決戦を行い、勝利している。ジュードが生まれた後に起きた出来事だったが、まだ物心がついていなかったため詳しいことは知らない。そんな彼にとって、隣国《りんごく》ア・ジュールならいざ知らずラ・シュガル本土で戦争が勃発《ぼっぱつ》するというのは、どこか現実離《ばな》れした、にわかに信じがたいことではあった。

「ナハティガルの独裁は、ア・ジュール侵攻も視野に入れたものと考えられます」

クレインがなおも言葉を継いだ。

「そして彼は、民の命を犠牲《ぎせい》にしてでもその野心を満たそうとするでしょう。あのおぞましい実験を実際に目にした皆さんだったら、納得できるはずです」

「それは……」

　確かにクレインの言う通りだった。ナハティガルは危険だ。それは間違いない。

「このままでは、ラ・シュガル、ア・ジュールとも、無為に多くの人々の命が奪われてしまうでしょう。それを看過することはできない」

　ふとジュードがアルヴィンとローエンの顔を見ると、ふたりとも厳しい表情を浮かべながら、クレインの言葉に耳を傾けていた。

「僕は領主です。僕のなすべきこと、それは、この地に生きる民を守ることに他なりません」

「なすべきこと……」

　その言葉はジュードの心の奥深い部分に響《ひび》いた。

　この人は自分のなすべきことを自覚し、それに向かい合おうとしている——

　そうわかった途端《とたん》、彼の言葉がますます重みを持って迫ってきた。

「そう、僕の使命だ」

　アルヴィンがクレインに背を向けた。ジュードが表情を窺《うかが》うと、彼はまるで苦いものを呑《の》み込んだように顔をしかめていた。

　クレインはそんなアルヴィンには構わず、ジュードにひたと視線を据えてくる。

「というわけで……力を貸してくれませんか？」

「僕に……？」

ジュードの問いに、クレインは頷《うなず》き、右手を差し出してきた。

「僕たちはナハティガルを討《う》つという、同じ目的を持った同志です」

「ぼ、僕は……」

ナハティガルを討とうとしているのはミラだ。自分はその手伝いをしているだけに過ぎない。傍《はた》からは同じように見えるとしても、内実はまるで違う。

そんな自分に、クレインの手を握る資格があるのだろうか——？

心の中にそんな疑問を浮かべつつも、クレインのひたむきな視線に抗《あらが》えず、ジュードが自分の手を恐る恐る出しかけた瞬間《しゅんかん》。

とん、と静かな音を立てて、クレインの左胸に一本の矢が突き刺さった。

「え……？」

何が起きたのかわからなかった。

頭の中が真っ白になった。

まるで時間の流れが突然遅くなってしまったかのように、クレインの身体《からだ》が後ろにゆっくりと倒れていくのを、ジュードはただ呆然《ぼうぜん》と見つめる。

「旦那様《だんなさま》！」

ローエンの叫び声が、彼を自失状態から解き放った。

「クレインさん！」

あわてて屈《かが》み込み、矢の刺さった箇所に目をやる。そこからは血があふれ出し、みるみるうちに服に大きな染《し》みを作っていた。

「ちぃッ！」

アルヴィンが舌打ちし、どこかに向けて弾を撃《う》った。一拍遅れて、遠くのほうで何かが地面にどさっと落ちる音が聞こえてくる。

「向こうの建物の屋根に狙撃兵《そげきへい》がいた。ひとりだ。他にはもういない」

アルヴィンの言葉に返事をする余裕はジュードにはなかった。彼は目の前に倒れているクレインの胸に手を当て、治療《ちりょう》を施《ほどこ》すことで手一杯になっていた。

「旦那様、しっかりなさってください！」

クレインに向かって話しかけるローエンの口調にも、今はいつもの落ち着きぶりは微塵《みじん》もない。

「早く医者を……僕ひとりでは、つなぎとめられません」

ジュードは自分に可能なありったけの精霊術《せいれいじゅつ》を用いて、クレインの傷を治そうと努めた。しかし、間に合わない。こうしている間にも、クレインの身体からはどんどん血の気が失われていく。

頭の片隅で、冷静に状況を観察している自分がいる。

これは致命傷だ。矢は心臓に達している。クレインさんは恐らくもう助からない――

医学生としてこれまで様々な人の死に立ち会ってきたジュードには、そのことが経験的にわかった。

だが同時に、それを認めたくないという気持ちもあって、一縷《いちる》の望みをかけて術の行使に全力を傾ける。

「お願いします！　どうか、旦那様《だんなさま》を……」

「……ローエン、無理を言ってはいけない」

クレインがかすれた声で口を開いた。

「クレインさん、喋《しゃべ》らないでください。体力を消耗してしまいます」

「いいんです。自分の体のことは自分が一番よくわかる……残念だが、僕はここまでのようだ……ローエン」

クレインは右手をそろそろと持ち上げた。

その手をローエンが、自分の両手で包み込む。

「ローエン……この国のことを、頼《たの》む……いや、頼みます」

「何をおっしゃるのです。私にそんな力は……」

「無理じゃないはずだ……『あなた』なら……」

クレインのその言葉を聞いて、ローエンが大きく息を呑《の》んだ。

それがクレインの発した最期《さいご》の言葉だった。

彼の右手が完全に力を失い、ローエンの手のひらからこぼれて地面に落ちる。

命の残り火が、完全に燃え尽きた瞬間《しゅんかん》だった。

「だん……な……様……」

ジュードはクレインの胸に当てていた手をそっと離《はな》し、ゆっくりとかぶりを振った。

重苦しい沈黙《ちんもく》が一同の間に満ちる――が、その時間は長く続かなかった。

屋敷《やしき》の外から、ひとりの警備兵がいかにもあわてた様子で駆《か》け込んできたからだ。

「ご報告いたします！　……ク、クレイン様⁉　こ、これは一体！」

ローエンが立ち上がり、驚愕《きょうがく》する警備兵に向かって口を開いた。

「報告を続けてください。街で何かあったのですか？」

ローエンの口調はいつもの落ち着きを取り戻していたばかりでなく、どこか迫力すら感じさせる威厳に満ちていた。

それを聞いた警備兵が、たちまち直立不動の姿勢になる。

「は、はっ！　ラ・シュガル軍が突如《とつじょ》、領内に侵攻を開始。街中で警備兵との間に戦闘《せんとう》が発生している模様です」

「ラ・シュガル軍が……⁉」

「何だかやばくなってきたな」

「まずいよ。街にはミラたちがいるのに！」

ミラひとりならまだしも、エリーゼにドロッセルまで一緒《いっしょ》となると、いざという時にどうなるかわからない。

こうしてはいられない。ジュードはあわてて立ち上がった。

ローエンと目が合うと、彼は自分も行くと言わんばかりに頷《うなず》いた。

「旦那《だんな》様《さま》。私たちは、お嬢様《じょうさま》たちを保護しに参ります。旦那様をこのままにしていくことをお許しください……」

ローエンがクレインの亡骸《なきがら》を見下ろしながら、悲痛な声で告げる。

「ローエンさん……」

「急ぎましょう。こうしてはいられません。……そこのあなた、ここはお任せします」

「はっ！　かしこまりました！」

警備兵の返事を聞くのと同時に、ジュード、アルヴィン、ローエンはその場から走り出していた。

Milla

「この……白い石の耳飾りなんて、どう？」

「ええ、とてもかわいいと思うわ。実際につけてみましょう。ミラ、動かないでね」

ドロッセルがミラの髪を手ですくって耳を露《あら》わにし、陳列《ちんれつ》されていた耳飾りを手に取ってつけた。

「うん、やっぱりかわいい。エリーゼ、いい見立てね」

「そんな……こと……」

ドロッセルにほめられ、エリーゼが恥ずかしそうに頬《ほお》を染める。

「………」

そしてミラは、困っていた。

ふたりの少女に腕を取られ、装飾品を扱うこの店まで連れてこられたかと思えば、今はこうやって次々と、店内に陳列されている飾りをつけられ、いいように遊ばれている。

まるで自分が動けない人形になってしまったような気がした。実際、ドロッセルには動くなと言われているのだが。

これがジュードの話していた、『女の子っぽいこと』なのだろうか。はっきり言って、どこが面白いのかよくわからなかった。確かにドロッセルとエリーゼは楽しそうにしているが——

「とてもよく似合ってるわ。じゃあ次は……」

「ちょっと待ってくれ。ここへは、エリーゼのプレゼントを探しに来たのではなかったか？」

このままではいつまで人形の真似《まね》を続けさせられるかわからない。ミラはドロッセルの関心をそらそうと、別の話題を振ってみた。

「もちろん忘れてなんていないわ。貝殻のアクセサリよね。エリー、どれか気に入った物はあった？」

「え……えと……」

エリーゼは並べられた商品の前で、右往左往していた。魅力的《みりょくてき》な物がたくさんあり過ぎて、決めかねている風にも見える。

「この髪飾りなんてどう？　きれいな貝殻でできていると思わない？」

ドロッセルがすぐそばにあった飾りをひとつ手に取り、エリーゼに見せた。ミラの目から見てもいかにも高級そうだとわかる、手のこんだ意匠《いしょう》の飾りだった。

「は、はい……すごく素敵《すてき》……」

「決めた。エリーにには、これをプレゼントするわね」

『うわー。高そう。ドロッセル君はお金持ちだねー』

ティポの言葉に、ドロッセルは苦笑を浮かべる。

「あら、ティポったら」

そのまま彼女は、髪飾りを横に控えていた店主に渡した。

「あり……がとう、ドロッセル」

エリーゼが顔をますます赤くして、礼を述べる。

「うふ、どういたしまして」

「そういえばプレゼントをするのは、友達の証《あかし》だと言っていたな」

ミラはシャール家の屋敷《やしき》でドロッセルが話していたことを思い出した。

「ええ、そうよ。プレゼントっていうのは、信頼《しんらい》を形に変えて贈ることなの」

『タダでもらえると得した気分だしねー』

「なるほど……信頼を形にか」

いいことを聞いた、とミラは思った。今度機会があれば自分もやってみてもいいかもしれない。

そんなことを考えながら店内に視線を巡らせていると、ふと陳列棚《ちんれつだな》の一角に置かれている首飾りに目が留まった。

「うむ……？」

「ミラ、そのペンダントが気に入ったの？」

ドロッセルが興味深そうに尋ねてくる。

「いや、私も同じような物を持っているのだ」

ミラは服の中から小さな透明の玉を取り出した。

『うわー、ただのガラス玉だー！』

「とってもキレイな色ね」

「ミラ……どうしたんですか、これ？」

ミラは玉を目に近付け、覗《のぞ》き込むように見つめた。

「昔、人間の子どもにもらった物だ」

あれは今から十年以上前。四大《しだい》と共にどこかへ行き、そこで偶然知り合った人間の子どもが、この玉をくれたのだった。あの子どもは、自分にこの玉をプレゼントしてくれたのだろうか。

友達の証、プレゼント。信頼を形に変えて贈る行為——

「大切にしてきたのね。なら、失《な》くさないようにしないと」

「……そうだな」

ドロッセルの言葉に、ミラは素直に頷《うなず》いた。

「よろしければ、こちらのように首飾《ペンダント》りにして差し上げますよ」

店主が陳列されていた首飾《ペンダント》りを指し示しながら、申し出た。

それを聞いたドロッセルが、両手をぱん、と打ち鳴らす。

「そうしてもらったほうがいいわ。やってもらいましょう」

「……ふむ」

それも悪くないかもしれない。ミラは店主に玉を渡した。

「少々お待ちください。すぐできますので」

そう言い残して、店主はいったん店の奥へと引っ込み、ほどなくしてまた戻ってきた。

「はい、できましたよ」

ミラの手元に、首飾《ペンダント》りになった玉が返ってくる。

「あら、素敵《すてき》じゃない」

「そうだな」

手のひらの上で首飾《ペンダント》りを転がしながら、ミラはドロッセルの言葉に同意した。

「これはなかなかよさそうだ。店主、感謝するぞ」

「どういたしまして」

店主が誇らしげな表情を浮かべながら頭を下げる。

「自分でつけるんですか……？」

エリーゼが興味津々《しんしん》といった様子で尋ねてきた。

「そうだな……そうする手もあるが……」

その言葉を最後まで口にすることはできなかった。

突然、店の外から大勢の人間の発する怒号《どごう》が響《ひび》いて来たかと思うと、大勢のラ・シュガル兵が石畳《いしだたみ》を荒々しく踏《ふ》み鳴らしながら殺到して来るのが目に入ったからだ。

「何事だ？」

ミラは玉をしまい込み、身構えた。

さらに、今度は反対側からシャール家の警備兵が集団で現れ、ラ・シュガル兵に向かって突っ込んでいく。

「ここで何としても止めろ！　前進！」

広場はたちまち、大勢の兵士同士が白刃を振るって激しくぶつかり合う殺伐《さつばつ》とした戦場となった。兵士たちの間に飛び交う怒号と剣戟《けんげき》の金属音、そこに戦闘《せんとう》に巻き込まれた住人たちの悲鳴が加わり、あたり一帯が耳を聾《ろう》さんばかりの喧噪《けんそう》に包まれる。

数はラ・シュガル兵のほうが多かった。警備兵の一団を包み込むようにして展開し、その動きを完全に封じると同時に、余った兵を周辺に差し向けて逃げ遅れた街の住人を次々と捕らえていく。

「奴《やつ》らめ、また街の人間を実験に使うつもりか？」

ミラの中に瞬時《しゅんじ》に怒《いか》りがこみ上げた。どうして人間は、同じ過ちを繰《く》り返そうとするのか。とにかく、このまま看過するわけにはいかない。

剣に手をかけ、ミラは店の外に向かって足を踏み出そうとした――が、彼女よりもドロッセルが飛び出すほうが早かった。

「乱暴はおやめなさい！　一体何のつもりです！」

外に出たドロッセルは、武器を構えたラ・シュガル兵に向かって大声で言い放った。

「ラ・シュガル軍は、この街から退去するよう領主からの命を受けたはずです。責任者を出しなさい！」

ドロッセルの剣幕に、近くにいたラ・シュガル兵がたじろぐ。

この間にミラとエリーゼも店の外に出、ドロッセルと並んで兵士たちと対峙《たいじ》した。

やがて、兵士たちの間から、ひとりの男性が前に出てきた。細身で銀色の髪をした、文官のような雰囲気《ふんいき》の男だった。

「あいつは……」

ミラは男の顔に見覚えがあった。確かナハティガルがシャール家の屋敷《やしき》を訪れた際、そばに控えていたはずだ。

「あなたが責任者ですか？」

「いかにも。そういうあなたはどなたです？」

銀色の髪の男はドロッセルに対し、尊大な態度で質問を返した。

「シャール家の者です」

「ああ、なるほど」

男の口元が、ドロッセルを小馬鹿《こばか》にしたようににやりと歪《ゆが》む。それと同時に、周囲にいたラ・シュガル兵たちの間から、一斉に嘲笑《ちょうしょう》が湧《わ》き起こった。

「ふん、何も知らぬ小娘が」

兵士のひとりが吐《は》き捨てるように口にした。

「ぶ、無礼な……」

「これは王勅命《ちょくめい》による反乱分子掃討《そうとう》作戦。おとなしくしていただきましょうか」

男が冷たい口調で告げる。

「な、なんですって？」

「は、反乱……分子……？」

「こいつらを捕らえなさい。謀反《むほん》を画策したシャール領主家の者です」

男の言葉を合図に、周囲のラ・シュガル兵たちが一斉に手にした武器の矛先をミラ、エリーゼ、ドロッセルに向けてきた。

『ミラ君！　ドロッセル君！　早く逃げよー！』

「そうだな……さすがにこの人数を相手にするのは酷《こく》だ。完全に包囲される前に退くぞ。遅れるな、ふたりとも」

「ほう……これはこれは」

男がミラとティポを興味深そうに見つめてくる。

その男に向かって、ミラは剣を振りかぶり、突っ込んでいった。

「はあああ！」

背後は店だったため、突破口を開くには前に出るしかなかったのだが、その動きは相手にとって予想外だったらしい。まさかいきなり自分に向かってくるとは思わなかったらしく、男は顔を驚愕《きょうがく》に歪ませ、そのまますとんと地面に尻《しり》もちをついた。頭上すれすれのところを、ミラの横なぎに払った剣先がかすめる。立ったままだったら確実に捉《とら》えていただろう。

「まだまだ！」

ミラは初太刀《しょだち》の勢いそのままに、さらなる攻撃《こうげき》を繰《く》り出すべく前に足を踏《ふ》み出す。

「こ、この女を取り押さえなさい！」

男が狼狽《ろうばい》した声で叫ぶと、周囲の兵士たちが一斉にミラに襲《おそ》いかかってきた。

「どけ！　邪魔《じゃま》をするな！」

ミラは兵士たちに向かって怒鳴《どな》ったが相手の動きは止まらず、たちまち周囲を何重にも取り囲まれてしまう。白刃が次々に突き出され、甲高《かんだか》い金属音を生じさせながらそれらをさばくうちに、男は兵士たちの後ろへと姿を消してしまった。

「ミラ、援護します」

エリーゼがミラのそばに寄り添い、精霊術《せいれいじゅつ》を発動させる。

ミラの全身が光に包まれた。敵の剣を受け損ない、生じた傷がたちまち癒《い》えていく。

「助かる、エリーゼ」

『負けないぞー！』

ティポが叫ぶのと同時に、全身から闘気《とうき》を発し、兵士に向かって高速で飛ばしていった。

「ぐおっ⁉」

闘気をまともに食らった兵士が着ていた鎧《よろい》をひしゃげさせながら、あおむけに転倒する。

　すると背後から新たな兵士が前に詰めてきて、空いた隙間《すきま》をたちまち埋めた。

　ミラとエリーゼはドロッセルをかばいながら兵士たちの攻撃を退け続けた。しかし、いかんせん多勢《たぜい》に無勢《ぶぜい》とあって突破口を開いて脱出するという当初の目的を果たすことはできず、逆にじわじわと包囲を狭《せば》められてしまう。

「く……このままでは……」

「……思った通りのようですね」

　不意に男の声が兵士たちの背後から聞こえた気がして、ミラはそちらに注意を向けた。

　その瞬間《しゅんかん》、まるで雷に打たれたように全身に激しい衝撃《しょうげき》が走り、そのまま動けなくなってしまう。

「な……に……？」

　ろくに声すら発することもできないまま、彼女は足の力が抜けるのに任せて地面にくずおれた。

　身体《からだ》に何かされたのだということはわかったが、それが何なのかまでは判然としなかった。頭の中がまるでもやがかかったようにぼんやりしてしまい、意識を保っていることさえ困難になる。

　エリーゼのほうに目をやると、彼女も同じ目に遭《あ》わされたらしく、地面にばったりと倒れて動かなくなっていた。気を失っているのかもしれない。少し離《はな》れたところに、ティポも転がっている。

「ミラ！　エリー！　しっかりして！」

ドロッセルが悲痛な声で叫ぶのが耳に入った。

「や、やったのですか？　やったのですね？　……よし、こいつら全員を捕らえなさい！」

銀色の髪の男が兵士たちの間から再び姿を現し、命じた。

「くっ……こ、この……」

閉ざされていく視界の中、ミラが最後に見たのは、男が持っていた銃のような物を服の袖《そで》にしまい込むところと——彼が地面に転がっていたティポを拾い上げ、満足げな笑みを漏《も》らすところだった。

3

Jude

「ミラたちが！」

広場までやって来たジュードは、ミラたちがラ・シュガル兵に身柄を拘束《こうそく》されて軍用馬車に乗せられ、走り出すのを目《ま》の当たりにした。

「お嬢様《じょうさま》！」

「間に合わなかったか……」

三人が馬車に向かって走っていこうとした途端《とたん》、近くにいたラ・シュガル兵たちが一斉に武器を構えて集まって来て、ジュードたちの前に壁を作る。

「邪魔《じゃま》な奴《やつ》らだ！」

アルヴィンが懐《ふところ》から武器を取り出し、ラ・シュガル兵に向けようとするのを、ローエンが制した。

「お待ちなさい」

「なぜ止める、爺《じい》さん？　お嬢さんも連れ去られたんだぞ」

「残念ですが、今からではもう間に合いません。無駄《むだ》に消耗するだけです」

そう告げて、ローエンは兵士たちの前に進み出た。

「あなたたちももう退きなさい。目的を達した後の戦闘《せんとう》はただの蛮行《ばんこう》……同じラ・シュガルの国民が、これ以上傷つけあってはなりません！」

ローエンは声を荒らげたわけではなかったが、その発言は底知れぬ迫力と威厳に満ちていた。

ラ・シュガル兵たちは互いに顔を見合わせ、気圧《けお》されたように武器を下ろす。

その様子を見届けて、ローエンはジュードとアルヴィンに再び向き直った。

「一旦《いったん》、屋敷《やしき》に戻りましょう」

「うん……」

ジュードはその言葉に頷《うなず》く。

未《いま》だ散発的に響《ひび》いてくる剣戟《けんげき》の音を耳にしながら、三人はシャール家の屋敷へと帰った。

屋敷へ帰り、日が落ちた頃《ころ》になって、ローエンがジュードとアルヴィンのいた広間に姿を現した。

「……もういいのか？」

「……はい」

アルヴィンの言葉に、重々しく頷く。彼はこれまで、死んだクレインに代わって、ラ・シュガル軍侵攻の後始末に忙殺《ほうさつ》されていたのだった。

「略式ですが、旦那様《だんなさま》のご葬儀《そうぎ》の手配も済ませました」

「どうしてこんなことに……」

ジュードは床に視線を落としたまま呟《つぶや》いた。今日一日だけで、一体どれだけの信じがたい出来事が起きたことだろう。

目の前でクレインが死に、街にラ・シュガル軍が攻めてきて、挙げ句の果てにミラたちが拉致《らち》された——

全《すべ》てが夢、それもとびっきりの悪い夢なのではないかとさえ思えてくる。

「旦那様を襲《おそ》った矢は、近衛師団《このえしだん》用の特殊なものでした」

「近衛師団……」

クレインを暗殺した狙撃兵《そげきへい》が近衛師団の所属だとしたら、命令を下したのはナハティガル本人か、それに近い筋と考えて間違いないだろう。

クレインはジュードに向かってナハティガルに反旗を翻《ひるがえ》すと明言したが、ナハティガルのほうはとっくにそうなることを見越していて、先手を打ってきたのかもしれない。

一般人の常識とかけ離《はな》れた国王の冷酷《れいこく》さと怜悧《れいり》さに、ジュードは改めて背筋が凍る思いだった。

「そして、タイミングを合わせた軍本隊の侵攻……考えられることはひとつ。全てはラ・シュガルの独裁体制を完全にするための作戦です」

「ナハティガルの野望か……」

アルヴィンが吐《は》き捨てるように呟いた。

「……ミラたちはどこに連れて行かれちゃったんだろう……」

ジュードにとって目下最大の関心はそのことだった。ミラ、エリーゼ、ドロッセルを乗せた馬車は、どちらに向かったのか。助けに行くにしても、場所がわからなければどうしようもない。

「ガンダラ要塞《ようさい》でしょう」

ローエンがジュードの疑問に答えた。

「一個師団以下の手勢で、複数の町を短期間で攻めるのは戦術的に無理があります。つまり、サマンガン海停《かいてい》は国王方の襲撃《しゅうげき》を受けておらず、未《いま》だシャール家の勢力下にあると考えるのが妥当《だとう》。……となると、彼らがイル・ファンに帰還《きかん》する場合は陸路を通ることになります。その場合、途中で駐屯《ちゅうとん》できるのはガンダラ要塞しかありません」

「へ、へえ……そんなもんか」

アルヴィンはローエンの冷静な分析に驚《おどろ》いたようだった。

「助けに行かなきゃ！」

ジュードは座っていた椅子《いす》から勢いよく立ち上がった。ローエンの話には信憑性《しんぴょうせい》があった。場所さえわかれば躊躇《ちゅうちょ》はしていられない。

「そんな焦《あせ》ってもしょうがないぜ。要塞なんだ。簡単にはいかないだろ」

「いえ、そんなことはありません」

ジュードをたしなめたアルヴィンに対して、ローエンがすかさず反論した。

「逆に機会があるとすれば今晩だけでしょう。先ほど対峙《たいじ》した時に感じたことですが、兵たちの士気は決して高いとは言えない。その上、戦闘《せんとう》の直後にその地で休むこともできず、再び行軍を強《し》いられている……恐らく、隙《すき》だらけのはずです。その上こちらは、図らずも先手を打てている」

「先手って……あ、そうか！」

ジュードは生前にクレインが話していたことを思い出した。

「確か要塞に潜入《せんにゅう》させている味方がいるんだよね？」

「その通りです。いかがでしょう、アルヴィンさん？　以上が、私がすぐに動くべきだと考える理由です」

「わかったよ。そこまで明確に分析されたら、言い返す余地はどこにもない」

アルヴィンは肩をすくめながら、ローエンの提案に同意した。

「では、すぐに出発しましょう。よろしいですかな？」

「うん！」

ジュードがローエンの言葉に即答し、アルヴィンも無言で頷《うなず》く。

ジュードたちはローエンの用意したシャール家の馬車に乗って、ガンダラ要塞を目指すこととなった。

ガンダラ要塞――タラス街道とバルナウル街道の結節点を扼《やく》する鉄の城塞。そこはイル・ファンの南方面を防衛する要衝《ようしょう》であり、公式には交易路の安全を確保する用途で建造されたとされている。だが真の目的は、六家《りくけ》の中でも屈指の実力を持つ有力諸侯であるシャール家の反乱に備えるためという噂《うわさ》が建造当初からまことしやかに囁《ささや》かれており、真偽のほどは定かでない。

そのガンダラ要塞《ようさい》にジュードたちがたどり着いたのは、夜も遅くになってからだった。

「これがガンダラ要塞……本当に鉄のお城なんだ」

岩陰に隠れて巡回の兵をやり過ごしながら、ジュードは目の前にそびえ立つ城壁を見、小声で呟《つぶや》いた。目の前にあるのはいかにも難攻不落という言葉がふさわしい、巨大な鉄の壁だった。正面にある扉の両脇《りょうわき》に、人の身の丈をはるかに超える巨人の像が置かれており、それがまた威圧感をいっそう高めている。

「んで？　ここまでやって来たはいいが、どうやって内通者と連絡するんだ？」

アルヴィンがこちらも小声で、ローエンに向かって尋ねた。

「こちらへ」

ローエンが周囲を警戒しながら城壁に近付いていった。ジュード、アルヴィンもそれに続く。

「ジュードさん、あの通風口の内壁を一回、二回、二回と叩《たた》いてください。その後三回、一回と返ってきたら手筈《てはず》が整っている合図です」

「うん、わかった」

ジュードはローエンに言われた通りにした。しばらくそのまま待っていると、じきに内側から反応がある。

「一、二、三……一。返事が返ってきたよ」

「では行きましょう」

ジュードたちは通風口を通って要塞内部へと潜入《せんにゅう》した。

反対側の出口のところでは、ひとりのラ・シュガル兵が待ち構えていた。どうやら内通者のようだ。

「ご苦労様でした。助かりましたよ」

ローエンが兵士に向かってねぎらいの言葉をかけた。

「カラハ・シャールの件は要塞内でも話に上がっています……クレイン様がお亡くなりになったなんて……」

「慰《なぐさ》めてやりたいが、こっちも急いでてな。中の情報を、かいつまんで教えてくれない？」

「す、すみません。つい」

兵士は軍服の袖《そで》で涙をぬぐった。

「お嬢様《じょうさま》たちの居所は突き止めました。二階の牢《ろう》です」

「ご無事ですか？」

「はい、今のところは。……ただ、問題がひとつありまして」

兵士はためらうような口調になった。

「実は……囚《とら》われた者は、皆足に逃走防止用の拘束具《こうそくぐ》をつけられています。お嬢様たちも……」

「拘束具《こうそくぐ》？　何だそれ？」

アルヴィンが首を傾《かし》げた。

「あちらをご覧ください」

ジュードが兵士の指し示した方向に目をやると、通路の先のほうで、何かが光っているのが見えた。魔法陣《まほうじん》かと思ったが、若干《じゃっかん》違うようにも感じられる。一見しただけでは何だかよくわからなかった。

「あれは呪帯《じゅたい》です。拘束具をつけたまま、あの呪帯に踏《ふ》み込むと、拘束具が爆発する仕掛けになっているんです」

「そんなものを……じゃあ、牢《ろう》から助け出しても、それを何とかしないとここから出られないんだね」

ジュードは眉《まゆ》をひそめた。どこまで非人道的な振る舞いをすれば気が済むのだろう。これもナハティガルの指示によるものなのだろうか。

「解除キーを持つ者を探すのは非効率的です。全体を制御している制御装置を押さえるほうがいいでしょうね」

ローエンが冷静に状況を分析する。

「制御装置の場所までは調べられていません……すみません」

兵士が申し訳なさそうに詫《わ》びの言葉を口にした。

「いえ、助かりました。ありがとうございます」

「その辺はこっちで何とかするとして……脱出用の足の確保もしておくべきだろうな」

アルヴィンが周囲を見渡しながら告げる。

「そうですね。馬車を一台、押さえておいてもらえますか？　いつでも走り出せる状態で」

ローエンが兵士に向かって要請すると、兵士はわかりました、と答えた。

とにかく、今は一刻も早くミラたちの元へたどり着かなければならない。

ジュード、アルヴィン、ローエンは互いに顔を見合わせて頷《うなず》き合い、要塞《ようさい》の奥へと進んでいった。

Milla

「……かりして、ミラ」

遠くで誰《だれ》かが自分の名を呼んでいる。それに続けて、身体《からだ》を揺すぶられるのがわかった。

「ミラ、起きて」

その声を合図に、真っ黒に塗りつぶされていたミラの意識が、急速に覚醒《かくせい》していった。

「う……」

目を開けた瞬間《しゅんかん》視界に飛び込んできたのは、こちらを心配そうに覗《のぞ》き込んでいるエリーゼとドロッセルの顔だった。

「二人とも……無事だったか……」

ミラはゆっくりと上半身を起こした。意識がまだ半ば朦朧《もうろう》としている。三人が今いるのは、床も壁もむき出しの鉄板からなる、殺風景な部屋の中だった。一方には壁がなく、頑丈《がんじょう》そうな鉄格子がはまっている。

「ここは……牢《ろう》……か」

ミラの言葉に、ドロッセルがこくりと頷《うなず》いた。

「ガンダラ要塞《ようさい》に連れて来られたの。広場でのこと、覚えてる？　あの責任者とかいう人が変な筒のようなものをミラとエリーゼに向けて、そこから火花が出て……それでふたりとも倒れてしまったの」

「そうか……」

意識を失う直前に目にした光景が思い出される。銀色の髪の男が用いたその変な筒というのは、アルヴィンが所持する武器のような物かもしれない。

その時、遠くのほうから足音が聞こえてきた。やがて鉄格子の向こう側に、当の銀色の髪の男が、数名の兵士を従え姿を現す。

「お目覚めのようですね」

「貴様は！」

ミラは男を睨《にら》みつけた。

「まだ名乗っていませんでしたね。失礼。私は、ラ・シュガル軍参謀副長ジランドと言います」

「ふん。ナハティガルの犬というわけか」

「ふふふ。褒《ほ》め言葉と受け取りましょう」

ジランドと名乗った男はミラの皮肉にもまったく動じなかった。

「あなたに伺いたいことがあります。アレの『カギ』を持ち出しましたね？」

「知らんな」

「その上、どこかに隠したそうじゃありませんか？」

ミラはジランドの言葉を言下に否定したが、ジランドはまるで信じていないらしく、さらに追及を重ねてきた。

「知らないと言ったはずだが」

答えながら、頭の中で素早く考えを巡らせる。カギを隠したという情報をジランドが得たのは、どこからだろう？　前にキジル海瀑《かいばく》で出会ったあの女からだろうか。

「ふん」

ジランドはミラを鼻で笑うと、傍《かたわ》らに控えていた兵士に向かって顎《あご》をしゃくった。それを合図に、兵士たちが扉の鍵《かぎ》を開けて牢の中へ入ってくる。

「全員立て！　外へ出ろ」

武器を突き付けられていたこともあって、ミラたちは一切抗《あらが》うことなく、言われるがままにした。

歩き出そうとしたところで足に違和感を覚え、視線を下に落とす。右の足首のところに、金属製の足環《あしわ》のようなものがいつの間にかはめられていた。見ればエリーゼとドロッセルの足にも、同じものがつけられている。

「これは一体何だ？」

「じきにわかりますよ」

ジランドがミラに向かって嗜虐的《しぎゃくてき》な笑みを浮かべた。

三人が連れて行かれたのは、牢《ろう》を出て、広い通路を少し歩いた先だった。目の前に魔法陣《まほうじん》のような光が広がっている。そのすぐ手前に、やはり妙な足環をつけられたひとりの女性がいて、ジランドや兵士たちに向かって怯《おび》えたような視線を向けていた。

前を歩いていたジランドがミラたちを振り返る。

「もう一度問います。『カギ』をどこに隠したのですか？」

「知らんと言ったろう」

ジランドは兵士に向かって頷《うなず》きかけた。兵士は先に来ていた女性のそばに歩み寄ると、有無を言わさずに彼女を魔法陣のような光に向かって突き飛ばした。

「あっ……！」

女性はよろけ、光の中に足を踏《ふ》み入れる。

次の瞬間《しゅんかん》、彼女の足環に向かって四方から閃光《せんこう》が注がれ――轟音《ごうおん》と白煙を生じさせて足環が爆発した。

「きゃ……！」

エリーゼが両手で顔を覆《おお》う。

白煙が収まると、そこには激しい爆発に巻き込まれた女性の無残な姿があった。全身がぼろぼろになって床に倒れ伏しており、ぴくりとも動かない。

「ひ、ひどい……」

ドロッセルの声が驚愕《きょうがく》と恐怖に震《ふる》えた。

それを聞いたジランドと兵士たちが一斉に笑う。

「つまり、こういうことです。あなたたちの足に装着されているのは『呪環《じゅかん》』。それをつけたまま、この呪帯《じゅたい》に入ると……ご覧の通りです」

「このような暴虐許されませんわよ！　サマンガン条約違反ですわ！」

ドロッセルが声を上ずらせながらジランドに向かって抗議した。だがジランドはまるで気にする様子を見せない。彼が兵士に向かって再び顎《あご》をしゃくると、兵士がミラに近寄ってきて背中を乱暴に突き飛ばし、呪帯の前へと押しやった。

「さあ、『カギ』の在処《ありか》はどこです？　同じ目に遭《あ》いたくなければ言いなさい」

「くどいな。知らん」

「まだそんなことを言いますか」

ジランドは今度はエリーゼを指さした。別の兵士が彼女に近付いていき、ミラと同じように彼女の身体《からだ》を呪帯《じゅたい》のすぐそばまで押し出す。

「ひ、い、いや！」

エリーゼの口から怯《おび》えた声が漏《も》れた。

「お友達がどうなってもよいのですか？」

ジランドが改めてミラに問いかけてくる。

「お前たち人の尺度での脅迫《きょうはく》など、何の意味もない」

ミラはジランドを見据えながら、冷静な口調で告げた。

「傷つくこと、失うことは私にとって恐怖にならない。私でも、その者たちでも、そこに突き飛ばしてみろ。私の言っていることが嘘《うそ》でないとわかるだろう」

その言葉に、ジランドや兵士たちだけでなく、エリーゼとドロッセルも息を呑《の》んだ。

「こ、この……」

ジランドのミラに向けられた顔つきが、憎々《にくにく》しげに歪《ゆが》む。

そこへ新たに別の兵士が走って来て、彼に何事かを耳打ちした。

ジランドは何度か頷《うなず》いた後、周囲にいた兵士たちに向かって告げた。

「例の件の準備ができたようです。ここは任せますよ。必ず『カギ』の在処《ありか》を吐《は》かせなさい」

「ははっ！」

そのまま彼は、伝達に来た兵士と共に立ち去った。

この場に残された兵のひとりが、ミラに向き直る。

「さあ。は、吐け！　吐かんか！」

精一杯虚勢を張ろうと努めているようだったが、その口調は明らかに腰が引けており、迫力もまるでなかった。

ミラは思わず苦笑した。

「ふふ。困っているな。脅《おど》しが効かない時点で策は尽きたか？」

「な、何を……」

「なんなら身体検査してみればどうだ？　持っていないとわかるはずだ」

ミラが兵士に向かって両腕を広げると、兵士はあっさりその提案に乗り、不用意に近づいて来た。

相手が伸ばしてきた手をすばやくつかんで逆手にねじり、動きを封じる。さらに、そのまま相手の背後にまわり、剣を奪って首筋に突き付けた。

「だ、だましたな！」

「こんなくだらぬ罠《わな》にはまるとは。平静を失っては、なすべきこともなせないぞ」

呆《あき》れ混じりに口にしながら、彼女は他の兵士たちに目を向けた。

「そちらには人質は効果的だろう？　武器を捨ててもらおうか」

「い、言われた通りにしろ！」

兵士たちが武器を捨てるまでに、時間はかからなかった。

ミラは兵士たちを自分たちの入れられていた牢《ろう》へ連れて行き、中へ放《ほう》り込んだ。

兵士のひとりが彼女の元々所持していた剣を持っていたため、それも取り返す。

「これでよし。あとはこの呪環《じゅかん》だ。これはどうすれば外せる？」

「それは……大元で何とかするしかない」

別の兵士がミラの疑問に答えた。何でも要塞《ようさい》内に呪環を集中管理している制御装置があり、そこで操作しなければ呪環を取り外すことはできないのだという。

ミラはその制御装置のある場所も聞き出すことに成功した。これでもう、ここに用はない。

「さあ、脱出するぞ」

牢の扉を閉め、鍵《かぎ》をかけた後で、二人の少女に向かって告げる。

「ところでドロッセル、剣は使えるか？」

ミラの問いに、ドロッセルはかぶりを振った。

「ふむ。ではエリーゼ、お前が守ってやれ」

「わたし……ティポがいないとダメなんです……」

エリーゼが悲しげな口調で言い、顔を伏せた。そういえば、確かに彼女の腕の中にいつもあるはずのティポの姿がない。

「ジランドが持っていったままか……」

カラハ・シャールの広場で意識を失う直前に見た光景が、脳裏に蘇《よみがえ》る。あの時ティポを拾い上げたジランドは、どういうわけか満足げな表情を浮かべていた。

「ティポがいないと……戦えない……」

そのままエリーゼは、両手で顔を覆《おお》い、泣き出してしまった。彼女にとって、あのぬいぐるみは心の拠《よ》り所になっているのだろうとミラは思った。依存していると言っていいかもしれない。

「大丈夫《だいじょうぶ》。自分の身ぐらい守ってみせるわ」

ドロッセルはミラに向かって告げた後、エリーゼの肩を抱き、優しく語りかけた。

「エリーも私が守るから、泣かないで」

ドロッセルの声はわずかに震《ふる》えていた。本当は怖くてたまらないのを、懸命《けんめい》に堪《こら》えているのだろう。だがそれでも、冷静さを保っているだけましだった。ミラはドロッセルのことを見直した。もっと柔弱かと思っていたが、意外と芯《しん》が強いらしい。

エリーゼは泣くのをやめ、涙を目に浮かべながらドロッセルに向かって頷《うなず》いた。

「……うん」

「よし。では行こう。まずはこの呪環《じゅかん》を外さねば」

「ええ」

ドロッセルがミラの言葉に同意する。

「制御装置のある場所へ向かおう。ティポの在処《ありか》も突き止めて、取り戻さないとな」

エリーゼに向かってそう言うと、彼女の表情がようやく、わずかに明るくなった。


時折巡回してくる警備兵に見つからないよう注意しながら、ミラたち三人は要塞《ようさい》内を慎重《しんちょう》に進んでいった。

やがて一行は、壁の片側に硝子《ガラス》の大きな窓がはめられた通路へと差し掛かった。兵士に聞いた情報が正しければ、制御装置はこの辺にあるはずだ。

通路は窓から強い光が差し込み、通路全体がまるで昼のように明るくなっていた。

「あれは……！」

光の正体を探ろうと、窓に近付いたミラは、硝子越しに視界に飛び込んできた光景に目を見張った。

窓の向こうは広い部屋になっていて、ミラたちのいる通路から全体を見下ろせる構造になっていた。部屋の一角に巨大な機械が設置されており、その前部にイル・ファンの研究所などで目にしたのと同様の筒状の装置が横向きに据え付けられている。中にはひとりの人間が囚《とら》われていた。

　その周囲に、三人の人間がいる。ひとりはあのジランドだった。残りのふたりは黄色い服で全身をすっぽりと包んでおり、巨大な機械の操作盤《そうさばん》に向き合ったり、筒状の装置の中にいる人間の様子を見守ったりしている。

「ぐおおおおおっ！」

　巨大な機械がまるで地鳴りのような重低音を発し、振動する中、筒状の装置に囚われた人間の口から絶叫が迸《ほとばし》り、周囲に響《ひび》き渡った。

「ひっ……」

　ミラと一緒《いっしょ》に部屋を覗《のぞ》き込んでいたエリーゼとドロッセルが、そろって怯《おび》えたように身をすくめる。

「あいつら……性懲《しょうこ》りもなくまた……」

　ジランドたちが何をしているのか、ミラにはすぐにわかった。マナを人為的に絞り出す人体実験を行っているのだ。実験台にされているのは、強制連行されたカラハ・シャールの住人だろう。

「霊力野《ゲート》の活動、赤色域に突入。マナ放出、瞬間値《しゅんかんち》で五十八万五千レールを記録しました」

「ふふ。素晴らしい」

　筒状の装置の中で苦悶《くもん》する人間を見下ろしながら、ジランドが満足げな笑みを浮かべた。

「ティポ！」

不意にエリーゼが大声を上げる。

「見つかったの？　どこ？」

「あそこ……！」

ドロッセルに問われ、エリーゼが指さしたのは操作盤《そうさばん》のところだった。確かにそこにティポが置かれているのを、ミラも確認した。

「む……？」

ジランドがこちらの気配に気づいたらしく、顔を上げる。

「はぁ！」

ミラは素早く剣を抜くと、柄《つか》を窓に思い切り叩《たた》きつけ、硝子《ガラス》を粉砕した。

「な、何……!?」

驚愕《きょうがく》するジランドの眼前で、彼女は砕け散った硝子の破片ともども割れた窓から室内へと飛び降りた。窓のところから室内の床までは二階と一階くらいの高さの差があったが、それをまるで物ともせず、軽やかに着地する。

「お前たち、どうしてここに！」

「エリーゼ、ドロッセル、飛べ！」

ジランドに向かって剣を構え、牽制《けんせい》しながら、ミラは通路にいるふたりに向かって叫んだ。

「え、そんな……無理……」

エリーゼが怖気《おじけ》づいたらしく、声を震《ふる》わせる。

「私が受け止める。安心しろ」

「で、でも……」

ちらと操作盤のほうに目を向けると、黄色い服を着た人間のひとりが、ティポに手を伸ばして鷲《わし》づかみにしていた。

「あれを見ろ。ぐずぐずしているとお前の大事な友達が、また連れ去られてしまうかもしれんぞ」

「ティポ……！」

「飛べ。自分の意志で」

その一言が、エリーゼの心を後押ししたようだった。ミラが背後を振り返るのと同時に、彼女は意を決した表情を浮かべ、目を閉じて素早くその身を空中に躍《おど》らせた。

ミラは手に持っていた剣を下に落とすと、落下点へと回り込み、エリーゼの体を両腕でしっかりと抱きとめた。

「ミラ……」

エリーゼが目を開け、ミラを見て安堵《あんど》の息を漏《も》らす。ミラは彼女を床に立たせてやった。彼女はすぐに黄色い服を着た人間のところへ走っていき、そのまま相手に体当たりして、ティポを強引に奪い返そうとする。

「こ、こいつ……」

「抵抗するな！」

ミラが一喝《いっかつ》すると、黄色い服を着た人間が射すくめられたように動きを止めた。

その隙《すき》を衝《つ》いてエリーゼはティポを取り返すことに成功し、ミラの元まで走って戻ってくる。

「よかったわね、エリー」

自力で下に降りてきたドロッセルが、エリーゼに声をかけた。

「ジランド……」

ミラは床に落としていた剣を拾い上げ、改めてジランドに向き直った。

「ひ……」

鋭い眼光にジランドが露骨《ろこつ》にたじろぎ、後ずさりする。

そんなジランドを睨《にら》みつけながら、ミラが剣を構え、足をさらに一歩前に踏《ふ》み出した瞬間《しゅんかん》。

「茶番だな。実にくだらん」

「陛下！」

部屋の入り口のところに、槍《やり》を持った兵を従えたラ・シュガル王ナハティガルが姿を現した。

「……ナハティガル！」

ミラはジランドからナハティガルへと視線を移した。

「実験に邪魔《じやま》が入ったのか？」

ナハティガルが鋭い眼差《まなざ》しをジランドに向け、質問した。

「はっ。しかしデータは既《すで》に採取しました」

「よくやった」

「ナハティガル、貴様！」

ミラは剣を振りかぶり、ナハティガル目がけて走り出した。全力疾走《しっそう》の勢いをそのまま剣に乗せ、間合いに入るや風をも切り裂《さ》かんばかりの激しい剣撃《けんげき》を相手に浴びせていく。

ナハティガルはその場を一歩も動かず、手甲《てっこう》でミラの攻撃を受け止めた。刀身と手甲がぶつかり合い、金属の軋《きし》む甲高《かんだか》い音と激しい火花を生じさせる。

「貴様のくだらん野望、ここで終わりにさせてもらうぞ！」

ミラはそのまま全体重をかけ、剣を押し込みにかかった。ナハティガルはまったく動じず、その攻撃を受け止める。

「この者が？」

ミラを睨み据えたまま、ナハティガルがジランドに向かって尋ねた。

「はい」

「ふっ。貴様のような小娘が精霊《せいれい》の主だと……？　この程度で笑わせる！」

ナハティガルは剣を受け止めていた腕を大きく振るい、ミラの身体《からだ》をそのまま背後へと吹き飛ばした。

「ぐあっ……！」

ミラの身体《からだ》が風に翻弄《ほんろう》される木の葉のように空中を舞い、床に叩《たた》きつけられる。

「おのれ……」

すかさず起き上がり、再びナハティガルに向かって剣を構えた瞬間《しゅんかん》。

「ミラ！」

「ジュード⁉」

部屋の片隅にあった階段を使って、ジュード、アルヴィン、ローエンの三人が部屋の中へと駆けこんできた。

4

Jude

警備の目をかいくぐって要塞《ようさい》の中を懸命《けんめい》に探し回り、ようやくミラを見つけたと思ったら、何と彼女はナハティガルと剣を交えていた——

今目の前で起きている出来事は、ジュードを驚愕《きょうがく》させるには十分すぎるほどだった。やっと会えたと安心するどころの騒《さわ》ぎではない。

エリーゼとドロッセルも心配そうに彼女のことを見つめている。

「どうやら薄汚《うすぎたな》いドブネズミが紛《まぎ》れ込んだようだな」

ナハティガルがジュードたちに冷たい視線を向けてきた。

「儂《わし》は、クルスニクの槍《やり》の力をもってア・ジュールをも平らげる。誰《だれ》にも邪魔《じゃま》はさせん」

「それでカラハ・シャールを……どうして自分の国の人間に、そんなヒドイこと……」

もちろん、ラ・シュガルの民でなければそれでいいという問題でもない。捕らえられたのがたとえア・ジュールの人間だったとしても、ジュードの受ける印象に変わりはないだろう。

医術を用いて人の命を救う。それがジュードのずっと目指してきた道だ。そんな彼にとって、人の命を何とも思わず、非情な実験を繰《く》り返すナハティガルの所業は、断じて理解も共感もできないものだった。

「ナハティガル王！　あなたは！」

「下がれ！　貴様のような小僧が出る幕ではないわ！」

ナハティガルに向かって近づこうとした途端《とたん》、一喝《いっかつ》された。雷鳴のような大音声《だいおんじょう》と、射殺されるかと思うほどの眼光の鋭さに、思わず縮こまりそうになる。

しかし、ここで引くことはできなかった。引けば、ナハティガルのやり方を認めることになってしまう気がする。それだけは断じて許せない。

ナハティガルはミラに視線を戻し、彼女を睨《にら》みつけたまま、自分の背後に手を伸ばした。控えていた兵がすかさず走り寄り、持っていた槍《やり》を渡す。

その槍を、ナハティガルはミラに向かって構えた。

「貴様などに我が野望、阻《はば》めるものか。食らえ！」

裂帛《れっぱく》の気合いと共に、銀色に光る槍身《そうしん》がミラの身体《からだ》を貫かんと猛烈《もうれつ》な勢いで突き出された。

「はあっ！」

次の瞬間《しゅんかん》、ジュードのすぐ横にいたローエンの手から精霊術《せいれいじゅつ》が放たれ、ナハティガルの槍を破壊《はかい》した。

「ぐうっ！」

ナハティガルは爆風を浴びてよろけ、後ろに下がる。

「イルベルト、貴様か……？」

ローエンに向けられた眼差《まなざ》しは、底知れぬ憎悪《ぞうお》に満ちていた。

「あ、あそこにいるのは……ローエン・J・イルベルト……？」

ナハティガルの背後に控えていた兵のひとりが、恐る恐るといった口調で告げる。

「イルベルト……？　それって……」

ラ・シュガルの歴史をわずかなりとも知る者で、その名を聞いたことのない人間は恐らくいないだろう。ナハティガルの統一戦争を補佐し、一日に三ヵ国の軍を打ち破った二十八年前の戦い『風霊盛節《オラージュ》の奇跡』を初めとして数々の武功を打ち立てた伝説の軍師——ローエン・J・イルベルト。

「ローエンさんが、あの……学校の授業で習った『指揮者《コンダクター》イルベルト』!?」

「……昔の話です」

「ただの爺《じい》さんじゃないと思ったが……」

ジュードだけでなく、アルヴィンもこれには驚《おどろ》いたようだった。

「ふん。国も軍も捨てたあなたが、今更《いまさら》何のご用ですかな？」

嫌味《いやみ》っぽい口調で告げたのは、ナハティガルがシャール家の屋敷《やしき》から出てくる時も同行していた、銀色の髪の男だった。

ローエンは男を無視して、ドロッセルの元へ歩み寄った。

「お嬢様《じょうさま》。無事で何よりです。心配いたしました」

「ローエン……助けに来てくれたのね。ありがとう」

「ふん、落ちぶれたな、イルベルト。今の貴様には、それが相応だ」

ナハティガルがローエンを嘲笑《ちょうしょう》した。

ローエンはそれにも何の反応も示さない。

「陛下、こちらへ！　このような下賤《げせん》の者どもに、陛下御自《おんみずか》ら、これ以上構われる必要はございません」

銀色の髪の男が、ナハティガルに向かって声をかける。

黄色い服を着こんだ研究員と思《おぼ》しき者たちが、室内にあった巨大な機械のところから何かを持ち出し、部屋を出て行こうとしていた。

ナハティガルと銀色の髪の男も身を翻《ひるがえ》し、そちらへ向かう。

「逃がさん！」

ミラがナハティガルを追って走り出した。

「ミラ、ひとりじゃ！」

ジュードはあわてて彼女に続こうとしたが、たちまち、室内にいた数名のラ・シュガル兵たちによって進路を阻《はば》まれてしまう。

ミラだけは兵士たちの間を巧《たく》みにすり抜け、扉が閉まる前に外へ飛び出すことに成功した。

「ミラーッ！」

「追いかけるにしてもまずはここにいる連中を何とかしてからだ。来るぞ！」

アルヴィンが警告を発するのと同時に、武器を構えたラ・シュガル兵たちが一斉に突進してきた。

Milla

「あの技術……増霊極《ブースター》をア・ジュールが手にしているというのは脅威《きょうい》ですな」

「何を恐れる？　我が軍も装備すればいいだけのことだ。至急イル・ファンにデータを持ち帰れ」

「では、クルスニクの槍《やり》につないだ者たちに実装を……？」

ナハティガルとジランドがそんな会話を交わしながら歩いていく。

巨大な機械の置かれている部屋から単身脱出したミラは、通路をひた走り、やがてふたりに追いついた。

「待て、ナハティガル！」

「何……？」

ナハティガルとジランドがこちらを振り返る。

「あの女、ここまで……！」

「あわてるな。間に呪帯《じゅたい》がある限り、奴《やつ》はこちらに近付けぬわ」

余裕を見せるナハティガルに向かって、ミラは走りながら精霊術《せいれいじゅつ》を放っていった。

「はあっ！」

直線軌道を描いてナハティガルに向かった閃光《せんこう》は、着弾の寸前で呪帯《じゅたい》に阻《はば》まれ、爆発音を発して消滅する。

「……精霊術《せいれいじゅつ》にも反応するのか」

「無駄《むだ》だ。自称マクスウェル」

ナハティガルがミラに向かって嘲笑《ちょうしょう》を浮かべた。

「……答えろ。なぜ黒匣《ジン》を使う？」

間に呪帯を挟んで向かい合いながら、ミラはナハティガルを睨《にら》み据え、質問した。

「なぜ民を犠牲《ぎせい》にしてまで、必要以上の力を求めるのだ？　王はその民を守るものだろう？」

ミラはマクスウェル——精霊の主として、人間や精霊を含むこの世界そのものを守ることを旨《むね》としている。人間社会における王も、それと同じではないのか。理想の王のありようとは、民の保護を何より最優先し、彼らが自分の生命や明日の糧《かて》の心配をせず安心して暮らせる社会を築き上げることにあるのではないのか。

しかるに目の前にいるこのナハティガルは、そうした理想とまったく正反対のことをしているとしかミラには思えなかった。

なぜこんな男が、王として民の上に君臨しているのか？

「ふん、お前にはわかるまい。世界の王たる者の使命を！　己が国を！　地位を！　意志を！　守り通すためには力が必要なのだ。民は、そのための礎《いしずえ》となる。些細《ささい》な犠牲だ！」

「それは貴様の我欲だろう」

ミラはナハティガルの言葉を一蹴《いっしゅう》した。

結局この男は、己の地位にしがみつき、己の力を誇示することしか考えていないのだ。王という地位に伴う責任、義務のことをまるで顧《かえり》みようとしない。

そうした人間に、王を名乗る資格はない。そもそも——

「……貴様はひとつ勘違《かんちが》いしている」

「なんだと？」

ナハティガルに問われ、ミラは手にしていた剣で呪帯を指し示した。

「このような物で自分を守らねば……黒匣《ジン》の力など頼《たよ》らねば自らの使命を唱えられない貴様に、できることなど何もない。なすべきことを歪《ゆが》め、自らの意志を力として臨まない貴様などに！」

「はっ！　儂《わし》に傷一つ負わせられぬお前が何を言っても、負け惜《お》しみにしか聞こえんわ」

「勘違いはひとつではないようだな」

ミラはその場で剣を構え直した。

それまで余裕の表情を浮かべていたナハティガルとジランドが、顔を引きつらせる。

「何？　まさか……」

「はあああっ！」

構えた剣を頭上高く振りかぶり、ミラはナハティガルに向かって一気に跳躍《ちょうやく》した。呪帯が足にはまった呪環《じゅかん》に反応し、閃光《せんこう》が四方から放たれる。

だがその光が呪環をとらえるよりも先に、彼女はナハティガル目がけて白刃を振り下ろしていった。

「覚悟しろ、ナハティガル！」

「ばっ、バカな⁉」

ナハティガルの顔が驚愕《きょうがく》に歪《ゆが》む。ミラの繰《く》り出した疾風《しっぷう》のごとき剣撃《けんげき》を、彼は両腕の手甲《てっこう》を交差させてかろうじて受け止めた。

刀身と手甲、金属同士が正面からかみ合い、激しい火花と甲高《かんだか》い金属音を生じさせる。

突撃の衝撃《しょうげき》を跳ね返せず、ナハティガルの巨体はミラの攻撃を受け止めた体勢のままずず、と後ろに下がった。

「こいつ……！」

「逃がさん！」

息もつかせず、ミラは即座に二の太刀《たち》を放ちにかかる。だが次の瞬間《しゅんかん》、閃光が彼女の呪環を貫いた。呪環は耳をつんざくほどの轟音《ごうおん》を発し、大爆発する。

「うおお！」

爆風を至近距離《きょり》で浴び、ナハティガルは転倒してそのまま通路を転がった。

「陛下！」

「儂は大丈夫だ」

ナハティガルはすぐに起き上がった。ミラの迫ってくる気配はない。あの爆発をまともに受けて、無事でいられるとは考えにくかった。たとえミラが人間にあらず、精霊《せいれい》だったとしても。

「ふ、ふはは！　それが意志の力とやらか？」

ナハティガルは目の前の、爆発によって生じた白煙に向かって哄笑《こうしょう》した。

「益体《やくたい》もない。やはり傷ひとつ負わせられぬではないか！」

「は、はは……」

ジランドが安堵《あんど》の笑みをこぼしかかった、その時。

ふわ、と白煙が揺らめいたかと思うと、その中から弾丸のような猛烈《もうれつ》な勢いでミラが剣を振りかぶり、飛び出してきた。

「貴様に使命を語る資格は……ないっ！」

「――！」

完全に意表を衝《つ》かれたためか、あるいはミラの大喝《だいかつ》にひるんだか。

ナハティガルはまったく反応できず、呆然《ぼうぜん》とミラの姿を見つめるのみ。

ミラの振るった剣先が、喉元《のどもと》に肉薄《にくはく》する。あとほんのわずか――

だがそこで、再び閃光《せんこう》がミラを襲《おそ》った。二度目の爆発は一度目よりもさらに大きく、すさまじい爆音と共に彼女の全身を完全に包み込んだ。

爆煙に呑《の》まれるミラの一部始終を間近で見ながら、ナハティガルは自分の手を首筋に当て、さすった。今度こそ相手が力尽きたことと、己の首が無事だったことを確認するかのように。

「こいつ、何の迷いもなく……」

「ミラ——ッ！」

そこへ遠くのほうから、誰《だれ》かの叫び声と、走ってくる足音が聞こえてきた。

「陛下、こちらへ」

「う、うむ」

ジランドがナハティガルを促し、ふたりはその場を後にした。

Jude

間に立ちふさがったラ・シュガル兵をジュードたちが退けるのにはさほど苦労しなかったが、閉まってしまった扉を開けるのは一筋縄《ひとすじなわ》ではいかなかった。室内にあった操作《そうさ》盤《ばん》を使って要塞《ようさい》全体の様々な機構が制御されていることがわかったため、ローエンが魔《ま》法陣《ほうじん》を展開して、そこにジュード、アルヴィン、エリーゼがマナを注ぐ形で術式を焼き切る方法が取られた。

初めはうまくいかなかったが、エリーゼの腕に抱かれていたティポが動き出すなり魔法陣の威力が強まり、その結果目的を達することができたのはどういった理由によるものだろう。

　扉の鍵《かぎ》が解除されるのと同時に、エリーゼ、ドロッセルの足につけられていた拘束具《こうそくぐ》も外れたが、そのことに安堵《あんど》する間もなく、今度はミラが駆け去った方向から、激しい爆発音が轟《とどろ》いてきた。

「ミラ――ッ！」

　ジュードはあわてて駆け出し、部屋の外に出て通路を進み――

　煙が立ち込める中、通路の真ん中に倒れているミラを発見した。

「ミラ！」

　彼女の元に駆け寄ったジュードは、彼女の変わり果てた姿を見て心臓が飛び出すかと思うほどの衝撃《しょうげき》を受けた。

「うっ……！」

　ミラの全身はぼろぼろになっていた。豊かに波打っていた美しい髪も、端整《たんせい》な顔も、着ていた服も、滑《なめ》らかだった肌も、全《すべ》てが激しい損傷に見舞われ、見るも無残な有様となってしまっている。特にひどいのは足だった。そこは真っ黒に焦《こ》げ、一部の皮膚《ひふ》は真っ黒に炭化してしまっていた。拘束具が爆発したのに間違いあるまい。長年両親の仕事をそばで見、さらに自分自身も研究医として多くの患者に接してきたジュードだったが、これほどひどい負傷を目にしたのは初めてといっていいほどだった。

「こんな……！　ミラ！　ミラー！」

彼女の身体《からだ》を抱き起こし息を確認する。かろうじてまだあったものの、それはいつ消えてしまってもおかしくないほどか細かった。

ジュードはミラの身体に手をかざし、治癒功《ちゆこう》をかけた。だがミラの傷があまりにひどすぎて、効いているのかどうかがまるで実感できない。

そこへ仲間たちが追いついてきた。

「こいつは……何てこった……」

アルヴィンがミラの惨状《さんじょう》を見て、息を呑《の》む。

『わー、グチャグチャだよー！　見たくなーい！』

「エリーゼ、治療《ちりょう》を手伝って！　早く！」

ジュードはエリーゼに向かって叫んだ。

「わ、わかりました」

エリーゼがミラの足下に駆け寄り、足に手を当てて術を施《ほどこ》す。

「ミラ……なんで……？　何でこんなことに……!?」

エリーゼたちと一緒《いっしょ》に拘束具を解除できていれば、あるいはせめて一緒に行動できていれば、決してこうはならなかったはずだ。取り返しのつかないことをしてしまったという悔恨《かいこん》が、怒濤《どとう》となってジュードの胸に押し寄せてくる。

「何で……」

「わかるわけないだろ」

アルヴィンが苛立《いらだ》たしげに吐《は》き捨てた。

『アルヴィン君……？』

「……ともかく、これ以上は無理だ。カラハ・シャールへ戻ろう」

「馬車の手配ができているはずです。出口へ向かいましょう」

ローエンの提案で、一行は動き出した。ミラはアルヴィンが背負い、連れて行くこととなった。

爆発が起きたことで、要塞《ようさい》内はまるで蜂《はち》の巣をつついたかのような夥《おびただ》しい喧噪《けんそう》に包まれていた。

ジュードたちはほどなくして警備兵たちに見つかり、激しい追撃《ついげき》を受けながら出口を目指すことを強《し》いられる羽目《はめ》に陥《おちい》る。

「脱走者はこっちだ！　逃がすな！」

「向こうだ！　奴《やつ》らは向こうに逃げたぞ！」

そこかしこの部屋や通路から、次々に新手の兵が現れては追っ手に加わり、いつしかその数は十人を超えた。

「これで馬車が用意されてなかったら、万事休すだな」

「あっ、ちゃんとあるよ！　あそこを見て！」

ジュードが走りながら前方を指さした。要塞の扉が開いており、その向こう側に馬車が待機しているのが目に入る。

「扉が開きっぱなしなのはおあつらえ向きだ。このまま外に出る！」

アルヴィンが皆に向かって告げた次の瞬間《しゅんかん》。

「非常事態だ！　ゴーレムを起動させろ！」

扉のそばにいたラ・シュガル兵が叫んだのを合図に、金属の歯車がぎりぎりと軋《きし》む音が響《ひび》いてきた。

「何だ……？」

走りながら、ジュードが扉を見つめる中――

二体の巨人が地響きを立てながら、要塞の中へと進入してきた。

「あの像……動くの!?」

ジュードは驚《おどろ》き、叫んだ。

「あれはガンダラ要塞を守るために配備されている機械じかけの巨像、ゴーレムです。まともに戦って太刀《たち》打ちできる相手ではありません」

ローエンが冷静に解説する。

そう言われても、後ろから大勢の兵が追ってきている以上、今更《いまさら》足を止めたり後戻りすることもできない。

ゴーレムは大きな身体《からだ》に似合わぬ機敏な動きで迫ってきた。

「このまま正面突破だ。当たらなければ何てことはない、ひるむな！」

アルヴィンが叫び、皆を鼓舞《こぶ》するかのように先頭に立ち、ゴーレムに向かって真正面から突っ込んでいった。

ジュード、ローエン、エリーゼ、ドロッセルもその後に続く。

ゴーレム二体が足を止め、ぎしぎしと金属の削れる音を発しながら丸太ほどもある鉄製の太い腕を同時に振り上げた。

ジュードたちの走る足は止まらない。

ジュードはゴーレムの一体がこちらに標的を定めたのを直感的に自覚した。

臆《おく》するな。動きをよく見ろ。そうすれば必ずよけられる——！

己に向かって心の中で懸命《けんめい》に言い聞かせながら、彼はゴーレムの動きに意識を集中させた。

ゴーレムの腕がぶん、と音を立てながら振り下ろされる。

その動きを見越して、ジュードは寸前のところで進路を身体ひとつ分真横にそらし、そのまま走った。

ゴーレムの腕はジュードをとらえきれず、耳障《みみざわ》りな音を発しながら地面を叩《たた》く。

自分の身体すれすれのところを鉄の塊《かたまり》がかすめ、風圧が全身に叩きつけてきて思わずよろけそうになったが、そこをローエンに支えられて事なきを得た。

「大丈夫《だいじょうぶ》ですか？」

「うん」

周囲を見ると、仲間たちもうまくゴーレムの攻撃《こうげき》をかいくぐり、背後に回ることに成功したようだった。

「よし、このまま一気に脱出するぞ！」

アルヴィンに促されるまま、一行は要塞《ようさい》の外に出、待機していた馬車の中へと駆け込む。

「発進してください！　急いで！」

ローエンが怒鳴《どな》るなり、御者台《ぎょしゃだい》にいた兵が馬に鞭《むち》を入れ、馬車は弾《はじ》かれたようにその場を発進した。

二体のゴーレムが肩を並べて追いすがってきたが、やがてそれも遠ざかり、夜の闇《やみ》の中へと消えた――

5

Jude

その後ラ・シュガル兵の追撃《ついげき》はなく、ジュードたち一行は、カラハ・シャールへ無事に帰還《きかん》することができた。

シャール家の屋敷《やしき》まで戻ると、ジュードはローエンが手配し、往診に訪れた医師と共にミラの治療《ちりょう》に当たった。

日付が変わってしばらく経《た》った頃《ころ》になっていったん小休止を取ることになり、皆に状況を報告すべく、ふたりそろって広間に顔を出す。

「ジュード！　ミラは!?」

広間の扉を開けて中に入るなり、エリーゼが飛んできた。小さな子が起きていていい時間ではなかったが、ミラのことが心配で眠れなかったのだろう。広間には他にローエンとアルヴィンがいた。ドロッセルの姿はない。自身の身に降りかかった災難のみならず、クレインの死という衝撃的《しょうげきてき》事実を突き付けられたこともあって、さすがに身体《からだ》がもたなかったのだと思われた。

「治療術による早期の止血と、医療の心得がある方がいたのが幸いでした」

医師がエリーゼ、アルヴィン、ローエンの顔を順番に見渡しながらミラの状態を説明した。

「じゃあ……」

期待に満ちた表情を浮かべたエリーゼに対し、医師は重々しくかぶりを振る。

「ですが、とても体力を消耗しています。これから数刻が峠《とうげ》になるでしょう」

「そんな……」

エリーゼが愕然《がくぜん》となって顔を青ざめさせる。

そんな彼女を見つめながら、ジュードは両手を強く握りしめた。

クレインの時は何もできず、目の前で彼が逝《ゆ》くのを見守るだけだった。医者を目指す身でありながら、何もできなかった。

今度は諦《あきら》めたくない。ミラを助けることを、断じて諦めたくない。

今こうしている間も、彼女は生と死の狭間《はざま》をさまよっている。何としても、彼女をこちらへ繋《つな》ぎ止めなくては。何としても——！

「皆さんはお休みください。後は私が……」

「先生も休んでください」

ジュードは医師の言葉を遮《さえぎ》った。

「精霊術《せいれいじゅつ》を使い続けて、相当お疲れのはずです」

実際、医師の顔は疲労が浮き彫りになっていた。下手《へた》をすればこのまま倒れかねない。

「何を言う。君こそ……」

「僕は大丈夫《だいじょうぶ》です」

ジュードは医師に向かって断言した。消耗しているのは自分も同じだが、若い分、体力的にはまだ若干《じゃっかん》余裕がある。何より、ミラがどうなるかわからないこの時に、とても休んでなどいられなかった。

「……彼に任せましょう」

ローエンが医師に向かって口を開いた。

「……わかった。だがくれぐれも無茶《むちゃ》はしすぎないように」

「はい……」

医師はローエンに連れられ、広間を出て行った。何かあった時にすぐ対応できるよう、今夜は屋敷《やしき》に泊まってもらうことになっている。

後にはジュード、エリーゼ、アルヴィンの三人が残された。

エリーゼが顔をうつむかせ、肩を震《ふる》わせ始めた。床に敷《し》かれた絨毯《じゅうたん》の上に、ぽたりと水滴が落ちる。

「エリーゼ……」

ジュードが声をかけると、彼女は恐る恐る顔を上げた。両目が涙で潤《うる》み、半べそをかいている。

「ミラが……ミラが……」

『ミラ君、死んじゃうんだねー？』

「死なないよ」

ティポの心無い言葉を聞いてジュードは反射的に激昂《げっこう》し、エリーゼごと睨《にら》みつけた。その剣幕にエリーゼが怯《おび》え、びくっと身体《からだ》を震わせる。

いけない。何をやっているんだ。彼女を怖がらせてどうする。

「あ、いや……大丈夫。きっとよくなるよ」

ジュードはあわてて笑顔を取り繕《つくろ》い、エリーゼに向かってなだめるように声をかけた。

「だからふたりももう休んで」

「わたしも……手伝います」

エリーゼがジュードの目を見つめながら口を開いた。

「ありがとう」

ジュードは素直にその申し出を受けることにした。年端《としは》もいかない彼女を夜通しの看病に当たらせるのは道義上好ましいことではなかったが、今は正直、ひとりでも多くの手が欲しかった。

「門外漢の俺は休ませてもらうよ」

いつもの饒舌《じょうぜつ》がすっかり影を潜《ひそ》め、ここまでずっと黙《だま》っていたアルヴィンがようやく口を開いた。

「うん。おやすみ」

「……おやすみなさい」

アルヴィンはジュードたちの挨拶《あいさつ》には返事をせず、そのまま部屋を出て行った。その顔はいつもより気鬱《きうつ》そうにも見えたが、彼の心情を推《お》し量る余裕は今のジュードにはない。

「……それじゃ頼《たの》むよ、エリーゼ。僕たちもミラの病室に戻ろう」

「はい」

ジュードの言葉に、エリーゼはこくりと頷《うなず》いた。


ミラの容体はその後もしばらく一進一退を繰《く》り返していたが、ジュードとエリーゼがふたりがかりでずっと治《ち》療術《りょうじゅつ》をかけ続けているうちに少しずつ持ち直しの兆《きざ》しを見せ始めた。その頃《ころ》にはエリーゼの疲労もだいぶ激しくなっていたので、ジュードは彼女を別の部屋へ連れて行って寝かしつけ、その後はひとりで治療に当たった。

朝になると、ミラの呼吸はようやく落ち着きを取り戻した。

これならもう大丈夫《だいじょうぶ》だろう――

ジュードは一息入れようと、病室を出て広間に移った。

椅子《いす》に座り、大きく息を吐《は》いたところで、ローエンが医師を連れて入ってくる。

「あ、ローエン。先生」

「おはようございます、ジュードさん」

「その様子だと、峠《とうげ》は越えたようですね」

「はい」

ジュードは医師の言葉に頷いた。

「それでは今度こそ休みなさい。これ以上無理をすると、君が倒れてしまう」

「そうします。でもその前に、エリーゼとアルヴィンにも報《しら》せないと」

そこへエリーゼとドロッセルが、連れ立ってやって来た。エリーゼはあまり眠れていないはずだが、見たところ顔色はそう悪くないようだ。ドロッセルも、表情には陰りがあったものの、ひとまず落ち着きを取り戻したように見受けられる。

エリーゼは何も言わず、じっとジュードの顔を見つめてきた。ミラがどうなったのか聞きたくてたまらないにもかかわらず聞くのが怖い——内心の葛藤《かっとう》が手に取るようにわかる。

ジュードが微笑《ほほえ》みながら頷いてみせると、ぱっと花が咲いたようにエリーゼの顔がほころんだ。

「よかった……」

目元を手で拭《ぬぐ》いながら、嬉《うれ》しそうに呟《つぶや》く。

『わーい！　これでミラ君にお礼言えるね！　エリー』

「うん……」

これでエリーゼへの報告は終わった。後は——

「アルヴィンはもう起きてる？」

「はい。先ほど、ちょっと出てくると言って出て行かれましたけど……そういえば、まだ戻っていませんね」

「じゃあ探してきますね」

ジュードは椅子《いす》から立ち上がった。

「ジュード君、無理をしてはいけないと……」

「アルヴィンにも早く教えてあげたいんです。大丈夫《だいじょうぶ》、それが終わったらひと眠りしますから」

皆に苦笑交じりで見送られながら、ジュードは広間を出て屋敷《やしき》の玄関へと向かった。


広場までやって来ると、アルヴィンはすぐに見つかった。恐らくは街の住人と思われる、ジュードの見知らぬ人物と何やら話し込んでいる。

ジュードが来たことに気付くと、アルヴィンは彼に向かって軽く手を上げた。ちょうど話も終わったところらしく、話していた相手も去っていく。

「アルヴィン。ミラが……」

「ああ。峠《とうげ》を越えたんだろ」

アルヴィンはジュードの言わんとしたことをあっさりと察したようだった。

「う、うん。でもどうして……」

「その顔見てたらわかるさ」

「そ、そうかな？」

ジュードは自分の顔を手でさすった。

それを見たアルヴィンが苦笑を浮かべ、次いで広場をぐるりと見渡す。

「なあ、この街の別名って知ってる？」

「え……？」

ジュードは戸惑った。藪《やぶ》から棒《ぼう》に何を言い出すのだろう。

「出会いと別れの街、だってさ」

「出会いと……別れ……」

ジュードもアルヴィンにならい、周囲に目を向ける。

「旅を始める人が、ここで旅の必需品を調達していく。反対に旅を終える人は、不要になった物をここに捨てていくんだと」

ちょうどその時、宿屋らしき建物の前に通りがかりの人が何かを置いていくのが目に入った。

そこへさらに別の人がやって来て、その何かを手に取り、そのまま持って行ってしまう。

さらに、広場を行き交う人々に目を向けると、そこかしこで初めまして、とかよろしく、といった挨拶《あいさつ》が交わされていたり、かと思えば手を振り合い、離《はな》れていく光景も散見された。

「新たな一歩を踏《ふ》み出すには、うってつけだと思わないか？」

「な、何言ってるの？」

「さっきのヤツな、次の依頼主《いらいぬし》」

アルヴィンの口調があまりにあっさりしていたため、ジュードはそれが何を意味しているのか、すぐにはわからなかった。

わかった途端《とたん》、驚《おどろ》いて目を丸くする。

「え……一緒《いっしょ》に行かないの？」

アルヴィンは顔をしかめ、ジュードに背を向けた。

「目的のために自分から吹っ飛んで死にかけるなんて、異常だろ？」

ジュードはアルヴィンの言わんとしていることがようやく理解できた。

これ以上ミラのやり方にはついていけない。彼はそう判断したのだ。

アルヴィンがそう思うのも頷《うなず》けなくはなかった。確かに、ミラの行動の徹底《てってい》ぶり――どんな状況でも決して揺るがず、ひるまないその姿勢は、誰《だれ》にでもそうそう真似《まね》のできるものではないだろう。

だが、それでも――

「……ミラは、ただ使命を果たそうと……」

「なあ、俺の使命って何？」

アルヴィンは背を向けたまま、首だけ回してジュードのほうを見た。

「え、わからないよ……そんなの」

アルヴィンの口元に、どこか自嘲《じちょう》めいた笑みが浮かぶ。

「俺もわかんね。でも、それってそんなに変なこと？　使命のために自分の命を顧《かえり》みないのが一般的生き方なワケ？」

「それは……」

ジュードは答えられなかった。自分でも心の中ではとっくにわかっていたことだった。

己の身を顧みることもなく、使命遂行《すいこう》にまい進するミラの気高さ。一切立ち止まらず、躊躇《ちゅうちょ》せず、ただひたすら前へ向かって歩く行為。

それは——ただの人間たる自分たちには、ついていくだけでも途方もなく困難であるということ。

「お前の使命って何？」

アルヴィンがからかうような口調で問いかけてきた。

ジュードはしばらく黙《だま》り込んだ後、絞り出すように口にする。

「……僕はミラの力になりたい……。ただそう思って……」

ミラの手伝いをする。ニ・アケリアでそう宣言し、ここまで彼女と行動を共にして来た。その判断が間違いとは思っていない。思いたくない。

これが自分のなすべきことのはず――改めて己にそう言い聞かせる。

「いいんじゃないか？　そうしなよ」

「アルヴィン……」

自分たちの進む道は分かたれた。アルヴィンの言葉を聞いた瞬間《しゅんかん》、ジュードは直感した。

それでも――

「……アルヴィンも一緒《いっしょ》に……」

それでもそう口にしてしまったのは、一時的とはいえここまで苦楽を共にしてきたことや、精霊《せいれい》のミラに従う人間同士としての連帯感から来る、彼に対する期待――言いかえれば甘えだったのだろう。

果たしてアルヴィンは、ジュードの望んだ答えを口にしなかった。

「おたくらが出発する時には挨拶《あいさつ》に寄るさ」

話はこれで終わりだとばかりに歩き去っていく彼の後ろ姿を、ジュードは黙《だま》って見つめるだけだった。

Milla

目を覚ました瞬間、ミラは自分が冷たい鉄の床でなく、柔らかなベッドの上にいることに気付き、困惑した。

「ここは……？」

ここはどこだ。どうして自分はこんなところにいる？

頭の中を疑問符で満たしながら、ベッドから出ようと上体を起こす。すると下半身に違和感を覚えた。

いつもと明らかに違う感覚。一体何が――？

「ミラ、目覚めたのね！」

不意に聞こえてきた声のほうに目をやると、ドロッセルが部屋の扉を開けて中に入ってくるところだった。

「ここは私の屋敷《やしき》よ。何があったか覚えている？」

「確か私はナハティガルを……」

ナハティガルを討《う》とうと剣を振りかぶり、彼に向かって斬《き》りかかった。そこまでは記憶《きおく》がはっきりしている。だがその後のことはまるで思い出せなかった。

ドロッセルの言葉が本当なら、ここはカラハ・シャールということになるが、いつの間に戻ってきたのだろう？　ナハティガルはどうなったのだろうか？

「よかった。そのままでいて。今、先生を呼んでくるわ」

ミラの戸惑いをよそに、ドロッセルは安心した表情を浮かべると、いったん部屋を出て行った。

そしてすぐに、ローエン、それともうひとり白衣を着た見知らぬ男を連れ、戻ってくる。

「だいぶ顔色もよくなりましたね。体の具合を診《み》てみましょう」

先生というのが医師のことだとわかったのは、彼がミラを診療《しんりょう》し始めてからだった。

「……熱も下がったようです。これで一安心ですね」

全身の傷や体調を調べた後、医師はそう告げた。

ミラは改めて自分の身体《からだ》に目をやった。ナハティガルに肉薄《にくはく》した際、自分が呪帯《じゅたい》の爆発に巻き込まれて重傷を負ったらしいということは何となく理解できた。どうやら治療の効果があったらしく、見た目は両足とも包帯で覆《おお》われていたが痛みは特に残っていない。その点に関しては問題なさそうだった。しかし——

「そういえば、ジュードや他のみんなはどうしたのだ？」

ミラは胸をなで下ろしているローエンとドロッセルに尋ねた。

「ジュードさんなら、アルヴィンさんを捜しに街へ行きました」

「そうか……」

口にしたのと同時に、腹が音を立てて鳴り出す。

それを聞いたドロッセルが、顔をほころばせた。

「ミラ、お腹《なか》がすいたのね？」

「まあ、おそらく……」

「すぐに食事を運ばせるわ。たくさん食べてね」

「それはいいのだが……」

ミラはじっとドロッセルの顔を見つめた。

「……どうしたの？」

「足が動かない」

そう告げた瞬間《しゅんかん》、ドロッセルとローエン、それに医師が驚愕《きょうがく》の表情を浮かべた。

Jude

アルヴィンと別れた後、ずっともやもやしたものを抱いたまま屋敷《やしき》へ戻ってきたジュードだったが、ミラのいる二階の病室の窓が開いているのを見た途端《とたん》、たちまち心を躍《おど》らせた。

屋敷の中へ駆け込み、広間に顔を出す。そこにはローエンたちの姿があった。

「ミラ、目を覚ましたんだね？」

「え、ええ……」

ドロッセルがなぜか沈痛な面持《おもも》ちで答えた。そこではたと気づく。室内に立ち込めるこの重い空気は一体どうしたことだろう？　なぜ皆、深刻そうな顔をしているのか？

「……どうしたの？」

「ジュード君、気を強く持ってください。実は……ミラさんは……」

「ミラに何かあったの？」

不安がどす黒い瘴気《しょうき》となってこみ上げてくる。

その時、二階のほうから何かが倒れるごとん、と低い音が聞こえてきた。

広間にいた全員が、はっとなって天井《てんじょう》を見上げる。

「この真上は……ミラの……」

「ミラ！」

ジュードはあわてて広間を飛び出した。他には誰《だれ》もついて来なかった。

使用人にぶつかりそうになりながら、通路を走り、階段を上り、ミラの病室にたどり着いて身体《からだ》ごと体当たりするようにして扉を開ける。

そして彼は見た。

ベッドの脇《わき》でミラの身体が床に倒れているのを。

「ミラ、大丈夫《だいじょうぶ》⁉」

ジュードは彼女の側《そば》に駆け寄り、肩を貸して起き上がるのを助けようとした。しかし、ミラが自力で起きる気配はない。仕方なく、身体を抱きかかえるようにして持ち上げ、ベッドに座らせてやる。

「すまない、ジュード」

「それはいいんだけど……ミラ……足は……」

まさか。先ほどから感じていた不安が、ひとつの強烈《きょうれつ》な予感を伴い、ますます強まった。

まさかミラは。先生が言おうとしたのは――

「うむ。動かない。痛みも何も感じないな」

「――！」

ジュードは絶句した。予感は的中した。よりによってそんなことになっていたとは。

何がもう大丈夫だ。全然それどころではないではないか。先生はこのことを、自分に伝えようとしていたのか――

「ジュード、私の剣はどこだ？」

衝撃《しょうげき》に全身をわななかせているジュードに向かって、ミラが静かな声で告げた。

「剣って……何言ってるの？　ちゃんと休んでなきゃ！」

「ここにいる意味はなくなった。すぐイル・ファンに……」

「まだそんなこと言うの!?　終わったんだよ！　もう！」

ミラの言葉を遮《さえぎ》り、ジュードは声を荒らげる。

ミラはきょとんと不思議そうな表情を浮かべた。

「何が終わったと言うんだ？　君が決めることではないだろう」

その、あまりにも平然とした物言いに。

あまりにも自分の身を顧《かえり》みず、かつこちらが心配しているのを露《つゆ》ほども気にしていない態度に。

ジュードの感情が堪《こら》えきれなくなり、爆発した。

「なんでさ!?　どうしてそうなんだよ！　おかしいよ！　今のミラには、もうなんの力もないのに！」

殴《なぐ》りつけるような言葉の暴力に、言った当人が打ちのめされ、愕然《がくぜん》となって、はあはあと息を荒らげる。

ミラは黙《だま》って、そんなジュードを見つめているばかりだった。顔には何の表情も浮かんでいない。

「現実を……受け入れなきゃ……」

いたたまれなさと気まずさに全身を震《ふる》わせながら、ジュードはようやくそれだけを告げた。

「……ジュード。ハ・ミルの人々を覚えているか？」

ミラが静かな口調で問いかけてくる。

「あ、うん……」

突然どうしたのだろう。ハ・ミルの人たちのことが、今の自分たちに何か関係あるのだろうか？

「彼らは望んでいないことを強《し》いられたが、抗《あらが》うだけの力を持っていなかった」

「そうだね……あの人たちにもっと力があれば、あんな風にはならなかったかもしれない」

その点に関しては、ジュードもミラと同じ考えだった。

「では、力とはなんだ？　襲《おそ》い来る者を打ち破るものか？」

ミラがさらに質問を重ねてくる。

「四大精霊《よんだいせいれい》の力を操れることか？　自分の足で歩けることだろうか？」

「それは……」

「……私は違うと思う。力とは、そんなものではない」

ミラはジュードの目を見据えたまま、きっぱりとした口調で断言した。

大事なのは意志――彼女はそう言いたいのだろう。

「……諦《あきら》めないんだね」

「私は、前に進まねばならない。それが使命だから」

「……そんな体になっても？」

「それが私なんだ」

その口調にも、ジュードを見つめる眼差《まなざ》しにも、以前と変わったところはまったくない。

そう。これがミラなのだ。人間には途方もないことでも、精霊《せいれい》たる彼女はそれをさも当然のようにやろうとする。

——目的のために自分から吹っ飛んで死にかけるなんて、異常だろ？

広場でアルヴィンに聞かされた言葉が、脳裏に蘇《よみがえ》った。

ミラは決して揺るがない。何があっても。

では、自分は？　ただの人間に過ぎない自分は、果たして——？

……その夜、ジュードは眠れなかった。部屋のベッドで寝つけず、広間のソファに場所を移して横になってみたが結果は同じだった。

頭の中では、昼間ミラと交わした言葉や、アルヴィンに言われた台詞《せりふ》が、激しく渦を巻き続けていた。

自分はどうするべきなのか。何がしたいのか。

ミラでもなく、アルヴィンでもない、ジュード・マティスたる自分は。

思考は千々《ちぢ》に乱れ——やがて混沌《こんとん》の中から、ゆっくりとあるひとつの答えが形を取り始める。

自分にできること。自分だからできること。それは——

翌朝、ジュードは改めてミラの病室を訪れた。

「ジュードか、おはよう」

ミラの朝の挨拶《あいさつ》にも、すぐに返事をしない。黙《だま》ったまま、ベッドの上に上半身を起こした彼女の顔をじっと見つめる。

「どうかしたのか？」

「あのね、昨日一晩考えたんだけど……」

ミラに向かってひたと視線を据えたまま、彼は恐る恐る切り出した。

「……やっぱり、このままイル・ファンへ向かうべきじゃないと思う」

「またその話か。君が決めることではないと……」

「最後まで聞いて。……実は僕の父さんが昔、足の動かなくなった患者さんを治療《ちりょう》したことがあるんだ」

「本当か!?」

気負い込んで尋ねてきたミラに、ジュードはこくりと頷《うなず》いた。

「だからミラ、一緒《いっしょ》に僕の故郷ル・ロンドに行こう。イル・ファンに潜入《せんにゅう》する前にさ」

「そういう話だったら歓迎だ。……しかし、なぜだ？　昨日はあんなに反対していたのに」

「なんでだろうね。僕もよくわからない」

ジュードは肩をすくめた。

「わかってるのは、ミラは歩けなくても、きっと無茶《むちゃ》しちゃうってことだけ。それを……放《ほう》ってはおけないよ」

それがジュードが昨晩考えて、たどり着いた結論だった。

ミラは何があってもイル・ファンへ向かい、もう一度ナハティガルを討《う》とうとするだろう。

だとしたら、自分の取るべき道はひとつしかない。

ミラが元通りになるよう尽力すること。ただそれだけだ。

彼女の手伝いをしたいという気持ちは、アルヴィンの言葉を聞いた後でも、昨日あれだけ考え事をしても、決して揺らぐことはなかった。

ミラの口元に苦笑めいた笑みが浮かぶ。

「ふふふ。君はホントに……」

「お節介《せつかい》だよね」

ジュードはミラの言葉を先回りし、自分も笑った。

「まったくだ」

張りつめていた空気がようやくなごむのを感じる。

「では任せよう。頼《たの》む、ジュード」

「うん。ル・ロンドには船で行ける。街を出たら、ひとまずサマンガン海停《かいてい》に向かおう」

こうして、次の目的地が決まった。

ジュードはローエンとドロッセルにル・ロンドへ向かうことを話し、協力を仰いだ。ふたりが快諾《かいだく》してくれたことは言うまでもない。

エリーゼの件も既《すで》にローエンからドロッセルに話が行っていて、彼女が面倒を見ると請け負ってくれた。

ここまで行動を共にしてきたアルヴィン、エリーゼと別れ、ここからはジュードとミラの二人旅ということになる。

出発の日の朝、ジュードはミラを馬に乗せ、自分はそれを引きながら屋敷《やしき》の玄関に回ってドロッセルらの見送りを受けた。馬は歩けないミラを連れて移動するため、シャール家で繋養《けいよう》されていたのを一頭譲《ゆず》ってもらったものだ。

「何から何までありがとう」

「ドロッセル、感謝する」

ジュードとミラは、相次いでドロッセルに感謝の言葉を述べた。

「上手《うま》くいくことを祈ってるわ」

「それでは、道中お気をつけて。ここまでのお見送りしかできず本当に申し訳ありません」

ローエンが申し訳なさそうに頭を下げる。

「気にするな。お前にはなすべきことがある。それに、今の多忙なドロッセルにはお前の力が必要だろう」

なすべきこと。ローエンにとってのそれは、やはり亡き主クレインの遺志を継ぎ、ナハティガルに対抗するということになるのだろうか。指揮者イルベルトたるローエンにとっては旧主であり、かつての盟友でもあったナハティガルと。

そんなことをジュードは心の中で思ったが、口に出しては何も言わなかった。

代わりに、ここでお別れとなるエリーゼに向き直る。

「ジュード……ミラ……」

エリーゼはティポを腕に抱え、今にも泣き出しそうな顔でふたりを見つめていた。

そんな彼女に、ジュードは優しく微笑《ほほえ》みかけた。

「エリーゼ、元気でね。ドロッセルさんとローエンなら、仲良しだから寂しくないよね？」

「う、うん……」

「大丈夫《だいじょうぶ》。きっとまた会えるよ」

「ジュード、そろそろ出発しよう」

ミラが馬上から声をかけてきた。

「あ、うん」

ジュードは周囲を見回し、アルヴィンの姿を探したが、見つからなかった。もしかしたら、もう次の仕事の関係でこの街を離《はな》れてしまったのかもしれない。一抹《いちまつ》の寂しさを感じたが、これればかりは仕方がないことなのだろう。

出会いと別れの街、カラハ・シャール。

確かにその通りだった。この街へ来て、ジュードは多くの人たちと出会い――これまで旅をして来た仲間と別れることになった。

「それじゃ、僕たちは行くね。みんなありがとう」

気を取り直し、ドロッセル、ローエン、エリーゼに向かってそう告げると、彼は馬の手綱《たづな》を引いて歩き出した。

ふと頭上を見上げると、青い空に、白い雲がたなびいているのが目に入った。

馬を使うことでその日のうちにサマンガン海停《かいてい》まで移動できるだろうとジュードは踏《ふ》んでいたが、実際はそううまくはいかなかった。

ミラもジュードも、馬の扱いに慣れていなかったためだ。

追い打ちをかけるように、カラハ・シャールを出てすぐの頃《ころ》は晴れていた空も、サマンガン街道を進んでいくうちに次第に雲行きが怪しくなってきて、日が暮れる頃にはとうとう雨になってしまった。

「降ってきちゃった。今日は、ここで休もう」

「ああ。任せるよ」

ジュードの提案にミラも異を唱えなかったので、彼は馬を街道わきの雨宿りできる木のところまで引っ張っていき、繋《つな》いだ。

ミラを馬から降ろして地面に座らせ、野営のためのテントを張り、火を熾《おこ》して夕食の支度《したく》をする。

カラハ・シャールを出る時にローエンが旅に必要な物資をたくさん持たせてくれたため夕食の材料には事欠かなかったが、時間もなかったので簡単な献立にした。野菜とベーコンのスープを作り、パンとチーズを添えて出す。

「……ジュードの料理は、やはりおいしいな。私には到底、真似《まね》できない」

ジュードの渡したスープをすすりながら、ミラが満足げな顔を見せた。

「そんなことないよ……練習すれば誰《だれ》だってできるって」

ジュードは謙遜《けんそん》したが、褒《ほ》められたのは素直に嬉《うれ》しかった。

「人は誰しも、なさなければならない使命がある」

「ははは、僕の使命はミラに料理を作ってあげること？」

それが彼女の手伝いになるならばそれでもいい、とジュードは思った。

「それだって、今の私にはできないことだ。食事だけではなく、寝床を整えることさえな」

「ぼ、僕が……ずっとやってあげるよ」

口にした途端《とたん》、心臓が跳ねた。自分は何を言っているのだろう。これではまるで求婚の台詞《せりふ》みたいじゃないか。

違う。自分はそんなつもりじゃや。ミラの手伝いをしたいというのは、あくまで彼女が無茶《むちゃ》をするのを放《ほう》っておけないと思ったからであって。それは確かに、ミラは魅力的《みりょくてき》だけど。

その一方でこうも思う。

精霊《せいれい》であるミラと、ただの人間でしかない自分が、いつまでも一緒《いっしょ》にいられるとは考えにくい。どういう形でそうなるかはわからないが、いつか、別れの時が必ず訪れるはず。

たとえ自分がどれほど、彼女のそばにいたいと望んだとしても。

果たしてそれは、いつのことになるのか——？

そんなことを考えるうちに次第に胸がいっぱいになってきて、ジュードは顔を伏せてしまった。

「ジュード」

ミラの呼びかけてくる声が聞こえたが、すぐには彼女のほうを見られない。

「ジュード、こっちを」

もう一度呼ばれて、ようやく面《おもて》を上げた。

ミラは柔らかな微笑を浮かべてジュードのことを見ている。

いつものことながら、ミラはきれいだった。ただ、そこに——出会った頃《ころ》に比べて、ほんのわずかではあるが、表情の豊かさが加わったように思えるのは気のせいだろか。

もし自分が一緒《いっしょ》にいることでそうなったのだとしたら、こんなに嬉《うれ》しいことはないのだが。

「ありがとう。ジュードがいてくれなかったら、私はここまで来られなかったかもしれない」

「そ、そんなこと……」

「これを受け取って欲しい。私の気持ちだ」

ミラはスープの入った皿を地面に置くと、懐《ふところ》から石のついた首飾り《ペンダント》を取り出した。ジュードにとっては初めて目にするものだった。

「その飾りを……？」

「ああ」

答えながら、彼女は体をジュードのほうに寄せてきた。両腕がふわりとジュードの首の後ろに回され、まるで抱きつかれているような格好になる。

ジュードの心臓の鼓動がますます速くなった。陽《ひ》の光をたっぷり浴びた髪に鼻腔《びこう》と頬《ほお》をくすぐられた途端《とたん》、背中がぞくりとする。顔が瞬時《しゅんじ》に赤らむのが自分でもわかった。

ミラは首飾り《ペンダント》の紐《ひも》をジュードの首の後ろで結び終えると、身体《からだ》を離《はな》した。

「うん、とても似合ってる」

「あ……りがとう」

ジュードはかろうじて、礼の言葉を口にした。もっと気の利《き》いたことを言わなければと思ったが、気が高ぶるあまりそれ以上言葉を継ぐことができない。

そんな彼を見て、ミラは目を細めた。

自分のやってきたことは間違っていない、とジュードは思った。いつまでミラと一緒《いっしょ》にいられるのかはわからないが、そうである限り、自分は彼女の力となり続けよう——

そう己に言い聞かせ、首飾り《ペンダント》に括《くく》りつけられた透明な石を、手のひらに包み込む。

ざわついていた気持ちが、ゆっくりと落ち着きを取り戻していった。

雨は相変わらず降り続いていたが、木の表面を叩《たた》くその音さえも穏《おだ》やかで、心地いいものに感じられた。

あとがき

初めまして。

あるいは、ご無沙汰《ぶさた》しております。

電撃文庫では久しぶりのお目見えになります。安彦薫《あびこかおる》です。


今回はバンダイナムコゲームス様から発売となったゲームソフト『テイルズ オブ エクシリア』のノベライズをやらせていただくことになりました。

電撃文庫でノベライズ、それもあの『テイルズ オブ』シリーズのということで、おや？と思われた方もいらっしゃるかもしれません。私も同じです。初めてお話をいただいた時は「え？　本当に？」と聞き返したほどでした（書くのが私で本当にいいんですか、というニュアンスも含め）。

いざ実際にやると決まってからは、資料として台本形式でいただいたメインシナリオを読み、そこから想像を膨《ふく》らませて文章化するという形で作業を進めていきました。

ゲームのほうではジュード視点、ミラ視点のどちらかを決めてからプレイするというスタイルになっていますが、このノベライズではふたりの視点を交互に切り替えながら物語を進めていく構成を取っています。

精霊《せいれい》の死という異変の調査に乗り出した精霊の主《あるじ》の女性・ミラと、医師を目指す少年・ジュード。まったく異なる境遇のふたりが偶然出会ったところから運命の輪が巡り始め、彼らは世界を揺るがす大事件に巻き込まれていく。果たしてその顛末《てんまつ》やいかに——？

読者の皆様の中には既《すで》にゲームをクリアされている方も多いと思いますが、どうかノベライズ版のミラとジュードの冒険を、最後まで見届けていただければ幸いです。鉄は熱いうちに打てのことわざではありませんが、今回は私にしては珍《めずら》しく、刊行ペースも早くなっていますので。

ちなみにこのあとがきを書いている今現在、ゲームはまだ発売されていません。多くの方がその日が来るのを今か今かとわくわくしながら待ち構えているはずですが、私もそのひとりです。もちろん、出たらすぐに遊んでみるつもりです。台本を読んで頭の中であれこれ思い描いたあのシーンやこのシーンが、実際のゲーム画面でどのように表現されているのかと思うと、楽しみでなりません。

次巻では今回出なかったあの人も登場し、ミラ、ジュードたちを取り巻く状況はますます混《こん》沌《とん》としてきます。

どうか引き続き、よろしくお願いいたします。

安彦　薫

◉安彦　薫著作リスト

「機械じかけの竜と偽りの王子」（電撃文庫）
「双竜記Ⅱ　機械じかけの竜と火焔の翼」（同）
「双竜記Ⅲ　機械じかけの竜と闇の咆哮」（同）
「鉄バカ日記」（メディアワークス文庫）
「続・鉄バカ日記」（同）

本書に対するご意見、ご感想をお寄せください。

■

あて先

〒102-8584　東京都千代田区富士見 1-8-19
アスキー・メディアワークス電撃文庫編集部
「安彦薫先生」係
「佐藤夕子先生」係

■

電撃文庫

テイルズ オブ エクシリア 1

安彦《あびこ》 薫《かおる》

発 行 二〇一一年十一月十日 初版発行

発行者 髙野 潔

発行所 株式会社アスキー・メディアワークス
〒一〇二-八五八四 東京都千代田区富士見一-八-十九
電話〇三-五二一六-八三九九(編集)
http://asciimw.jp/

発売元 株式会社角川グループパブリッシング
〒一〇二-八一七七 東京都千代田区富士見二-十三-三
電話〇三-三二三八-八六〇五(営業)

装丁者 荻窪裕司 (META+MANIERA)

印刷 株式会社暁印刷

製本 株式会社ビルディング・ブックセンター

※本書のコピー、スキャン、電子データ化等の無断複製は、著作権法上での例外を除き、禁じられています。なお、代行業者等に依頼して本書のスキャン、電子データ化等を行うことは、私的使用の目的であっても認められておらず、著作権法に違反します。

※落丁・乱丁本はお取り替えいたします。購入された書店名を明記して、株式会社アスキー・メディアワークス生産管理部あてにお送りください。送料小社負担にてお取り替えいたします。但し、古書店で本書を購入されている場合はお取り替えできません。

※定価はカバーに表示してあります。

© いのまたむつみ © 藤島康介 © NBGI © 2011 KAORU ABIKO
Printed in Japan

ISBN978-4-04-870878-4 C0193

電撃文庫創刊に際して

文庫は、我が国にとどまらず、世界の書籍の流れのなかで〝小さな巨人〟としての地位を築いてきた。古今東西の名著を、廉価で手に入りやすい形で提供してきたからこそ、人は文庫を自分の師として、また青春の想い出として、語りついできたのである。

その源を、文化的にはドイツのレクラム文庫に求めるにせよ、規模の上でイギリスのペンギンブックスに求めるにせよ、いま文庫は知識人の層の多様化に従って、ますますその意義を大きくしていると言ってよい。

文庫出版の意味するものは、激動の現代のみならず将来にわたって、大きくなることはあっても、小さくなることはないだろう。

「電撃文庫」は、そのように多様化した対象に応え、歴史に耐えうる作品を収録するのはもちろん、新しい世紀を迎えるにあたって、既成の枠をこえる新鮮で強烈なアイ・オープナーたりたい。

その特異さ故に、この存在は、かつて文庫がはじめて出版世界に登場したときと、同じ戸惑いを読書人に与えるかもしれない。

しかし、〈Changing Times,Changing Publishing〉時代は変わって、出版も変わる。時を重ねるなかで、精神の糧として、心の一隅を占めるものとして、次なる文化の担い手の若者たちに確かな評価を得られると信じて、ここに「電撃文庫」を出版する。

1993年6月10日
角川歴彦